いとこいし
itokoishi
なだめるように、今度は舌で舐められた。固いのか柔らかいのか
わからないそれで転がされ、押しつぶされて、下肢がきゅうと切なくなる。
どうしたらいいかわからなくて、弓弦は男の頭を抱きかかえた。
「っ、可愛いな、弓弦」
「馬鹿言って……ぅあっ」
JN286507

いとこいし

栗城 偲

18225

角川ルビー文庫

目次

口絵・本文イラスト／北沢きょう

「弓弦《ゆづる》、今週の土日は本家に行ってね」

水曜日の朝食の席で唐突《とうとつ》に言った母に、志納《しのう》弓弦は咀嚼《そしゃく》していた白米をごくりと飲み込んだ。どうしてもう少し早く予定を訊《き》いてくれないのかとか、どうして二十六歳独身会社員の貴重な休日を潰《つぶ》すのにもう少し悪びれることがないのかとか、言いたいことは山ほどあったが、母親の横暴は今に始まったことではないので、諦《あきら》めの溜息《ためいき》をつくにとどめる。特に、「本家」にかかわる用事に関して、母の優先順位は昔から決まっている。

弓弦はホテル勤務なので、土日祝日に休みが取れるというのは非常に稀《まれ》だ。偶然《ぐうぜん》シフトの都合で土日が休みになったため、驚《おどろ》いて親に口を滑《すべ》らせたのがまずかった。もはや自業自得《じごうじとく》だったかと諦めることにする。

「……今回はなんの集まり？」

「門下生を沢山《たくさん》あつめた催《もよお》し物をするんですって。龍鳳《りゅうほう》くんが生け花を披露《ひろう》するから、弓弦も是非《ぜひ》って」

「是非、ね……」

是非、と言いながらも、本家には断らせる気はないだろうし、母も断る気はないのだろう。

本家というのは、弓弦の父方の実家のことを指す。

父の実家は「志納流」という華道《かどう》の流派だ。戦後すぐ、弓弦の曾祖母《そうそぼ》にあたる人物が創流し、現在は父の姉が家元を継《つ》いでいる。元々は別の流派の家元の娘《むすめ》であった創始者が、そこでは男性しか家元襲名《しゅうめい》ができないということに反発し、創流したと言われている。そのせいか、男性の肩身《かたみ》は血縁者《けつえん》であっても狭《せま》く、どことなく気の強い女性門下が多い、というのが弓弦の所見だ。

弓弦は従兄弟《いとこ》たちと同様、物心ついたときから週に一度、家元である伯母《おば》から華道を習っていた。女性門下が多いため、実兄《じっけい》のようにすぐやめてしまった者も多い。弓弦も居心地《いごこち》の悪さを感じないわけではなかったが、花も華道も好きだったので、高校を卒業するまではきちんと通い続けた。

一応、師範《しはん》の免状《めんじょう》は取得している。だから、ここで言う「手伝い」というのは、会場設営やおもてなしをせよということではなく、生け花を披露しなければならないということである。

——俺の意見なんて、はなっから聞く気ないんだよな。

母が本家に対して従順さを見せるのはそれだけの話ではなく、元々志納流の門下生だったからということもある。ご機嫌取《きげんと》りをしたいわけではなく、ファン心理と表現するのが近いかもしれない。

現家元の実弟《じってい》である父が、稽古《けいこ》に来ていた母に一目ぼれし、猛《もう》アタックの末ゴールインしたというエピソードも、その心理に拍車《はくしゃ》をかけているのだろう。二人を結びつけた運命的な絆《きずな》という点においても盲目的《もうもくてき》になっている部分もある。

「お着物はお母さんが出しておくから、お道具なりなんなり、ちゃんと準備しておくのよ！」

「……はいはい」

力なく返事をしながら、弓弦は本家の三男坊《ぼう》であった対面の父親を見やる。父は弓弦と目が合うと、気まずそうに眉《まゆ》を顰《ひそ》め、「頼《たの》んだ」と気弱に呟《つぶや》いた。

――志納の男って、本当に尻《しり》に敷《し》かれやすいんだよなぁ。

本家の伯母たちや、伯父《おじ》たちの顔を思い浮《う》かべて弓弦は嘆息《たんそく》する。気が弱いわけではないが、惚《ほ》れた相手にとことん弱い。そして女性たちは惚れられた相手以外にも強い。

「ちょっと弓弦」

あまり乗り気でないのがありありな弓弦を見咎《みとが》めて、母は眦《まなじり》を吊《つ》り上げる。

「せっかくの本家のお呼ばれなんだから、あちらに行ってからそんな顔、絶対にするんじゃないわよ」

「はいはい。わかってるって」

母がこういう調子なので、弓弦は子供のころから「本家の言うことはなるべく聞いたほうがいい」という習慣が身についてしまっている。

父方の実家が華道の本家だからといって、血縁が全員花の道へ進んでいるとは限らない。現に、子供のころからの手習いで免状を取得している父も兄も弓弦も、都内で一介《いっかい》のサラリーマンとして働いている。

弓弦は、花が好きだったものの、華道師範《かどうしはん》の道は選ばなかった。花を使って作品を作る華道ではなく、花で誰《だれ》かが喜んでくれるのを見るほうが、弓弦は好きだったからだ。

そのため、華道家ではなく、今は都内のホテルのブライダル部門でブライダルフラワーコーディネーターとして勤務している。花を扱《あつか》う職は多様にあれど、これが一番弓弦には好ましい現場に思えたからだ。人に言えば乙女《おとめ》思考だと笑われそうだが、幸せでいっぱいの二人に美しい花を添《そ》えたかった。花嫁《はなよめ》が、弓弦の作ったブーケや装花を見て、もっときれいに笑うのを見たかったし、きれいだと言って喜んでもらうのが今の幸せだ。

就職の際に、志納流の血縁者というところを鑑《かんが》みられたとは思うが、仕事の内容とはほぼ無関係である。

それでも、こうして何事かお呼ばれがあると、母はこちらの予定などお構いなしに了承《りょうしょう》してしまうのだから困ったものだ。

——……それに、本家には「あいつ」がいるし。

今に始まったことではないが、自分にとって厄介《やっかい》な相手の顔を思い浮かべて、弓弦は深々と息を吐《つ》いた。

本家の「行事」は流派としての行事と、親族のみの行事がある。全国各地で行われる花展や各種イベント、講義などから、盆暮《ぼんく》れ正月などに親族交流として行う生け花会などだ。弓弦はそのどちらにも参加させられることが多い。

今回は、流派としての行事で、五十人ほどの門下生が志納邸《てい》の大座敷《おおざしき》に集められた。弓弦は先程《さきほど》までそこで、次期家元である従兄《いとこ》の志納龍鳳と並んで生け花の披露をさせられていた。

その役目が終わり、新しいことを言いつけられる前に、弓弦はそそくさと庭へ逃《に》げ出したのである。

志納家の庭は、東京には不釣《ふつ》り合いなほど広大な敷地《しきち》の典型的な日本庭園だ。四阿《あずまや》や茶室もある。幼いころは従兄弟たちとかくれんぼをして遊んだ場所は、今でも逃げ込むとなかなか見つからない。

維持《いじ》費にいくらくらいかかっているのだろう、と庶民《しょみん》的なことを考えつつ庭を散策していると、行事が終わったのか、門下生たちがぞろぞろと出口に向かって歩くのが見えた。

着物が夏物から秋物へと変わると、落ち着いた色合いの着物が多くなる。目の保養だ、とぼんやりと見つめていると、背後から肩《かた》を叩《たた》かれて弓弦は身を竦《すく》ませた。

「よ、お疲《つか》れ。『生け花王子』サマ」

振《ふ》り返り、そこに立っていた男の顔を確認《かくにん》して弓弦は息を吐く。

「……なんだ、伊吹《いぶき》か。ていうか、やめてくれその呼び方」

倍疲れる、と肩を落とすと、同じく今日の行事のために呼ばれていた三歳年上の従兄――伊吹が歯を見せて笑った。

彼も幼いころから華道を嗜《たしな》んできた者で、弓弦とは違《ちが》い、志納流の看板を上げて華道指南をしている男だ。今日の出席者なので、弓弦同様、紋《もん》付き袴《はかま》の出《い》で立ちである。

弓弦より若干《じゃっかん》背が高く、人のいい顔をした男は、長じてぎこちなくなっていった従兄弟たちのなかで、唯一《ゆいいつ》弓弦に声をかけ続けていてくれた稀有《けう》な人物だ。

「誰が言い出したんだろうなぁ、『生け花王子』。でも似合ってんじゃん。お前、親戚《しんせき》の中でも三本の指に入るくらいの美形だし。やっぱ叔母《おば》さんが美人だからかな、『生け花王子』」

「連呼すんな。単に、生け花やってる若い男って意味だろ」

「だったら俺にその名前がついてもいいだろ『生け花王子』」

「だから連呼すんなって！」

半分はいやがらせで、半分は本当に褒《ほ》めているつもりかもしれないが、弓弦としては己《おのれ》の容姿がそれほど好ましいと思っていないので、心中は複雑だ。なにより、「王子」という呼称《こしょう》がもはやバカっぽい。

母親に似た造作の顔は、小作りで男らしさがなく、威厳《いげん》もない。背は平均的なところまではなんとか伸《の》びたものの、肉という肉が付きにくい体質のせいで体が薄《うす》っぺらく、やけに小柄《こがら》に見られることが多かった。よく言えば線が細いが、悪く言えば頼《たよ》りない。

天然の栗色《くりいろ》の髪《かみ》は、和服とはバランスが悪く、子供のころはそんな自分がみっともなくて嫌《いや》だった。睫毛《まつげ》も濃《こ》く長く、髪と同じ色をした目を縁取《ふちど》るそれはいつも上向いていて、「お人形さんみたい」などと言われたのも子供心に傷ついたものだ。

そう言うと、「十人並みの俺にはわからん悩《なや》みだ」と苦笑《くしょう》された。

「でもあいつだって似たようなあだ名ついてるじゃん、──龍鳳」

伊吹の口からこぼれた名前に、弓弦はびくりと肩を強張《こわば》らせる。

今話題に上ったばかりの志納龍鳳が、大広間前の広縁《ひろえん》に立っていたからだ。

──まさか、この距離《きょり》じゃ聞こえないよな。

別に陰口《かげぐち》をたたいていたわけではなかったが、噂話《うわさばなし》をしているのを聞き咎められていたらばつが悪い。

志納龍鳳は、弓弦とは同い年の従兄で、現家元の実子だ。

同い年だが、その外見は対極と言っていいほど似ていない。鴨居《かもい》に頭をぶつけるほどの長身で、学生時代に剣道《けんどう》をしていたため、上半身ががっしりとしていて体に厚みもある。

顔貌《がんぼう》も弓弦とは違って男性的で、精悍《せいかん》だ。少し長めの髪も、意志の強そうな眉も、目も、印象的なほど黒い。それはどんな着物を着ても映《は》える漆黒《しっこく》で、明るい髪がコンプレックスだった幼い弓弦には、羨望《せんぼう》の対象だった。

その男が、じっとこちらを睨《にら》んでいる。

――なんだよ。なんか文句あんのかよ。

そんな意思が通じたわけではないだろうが、龍鳳は目を逸《そ》らすと母屋《おもや》のほうへ消えてしまった。知れず、詰《つ》めていた息を吐き出す。

背を向けていたせいでそのことに気が付かなかったらしい伊吹が、弓弦の視線を追って不思議そうに背後を振り返った。

「なに？」

「……いや」

「弓弦が『生け花王子』で、龍鳳が『華道界《かどう》の貴公子』。素っ気なくて無口で近寄りがたいけど、品があって美形で、なにより活《い》ける花が美しいって」

知らねえよ、と返して、弓弦は頭を掻《か》いた。

「王子だの貴公子だの、誰が呼んだんだよ……。ていうかなに皆普通《みんなふつう》に呼んでんだよ……」

項垂《うなだ》れる弓弦に、テレビが原因らしいぞ、とどうでもいい情報を伊吹が教えてくれる。

「大体にしてさ、なんで片手間の俺が王族的な名称《めいしょう》で、本家のあいつがただの貴公子なんだよ。逆じゃないのか」

おかしいだろ、と突《つ》っ込みを入れると、伊吹が笑い飛ばした。

「ま、ある意味『王子』って名称自体が大安売りされちゃってるから、ほぼ『男子』くらいの意味で使われてるからじゃねえの？　でも貴公子って滅多《めった》に聞かないし、なんとなくものすごく高貴に聞こえるっつうか」

「……どうせ俺は庶民的だよ」

ああもう早く帰りたい、とぼやくと伊吹が苦笑する。

「無理無理。ていうか、そうだよ。俺、お前を捜《さが》しに来たんだってば。行こうぜ。そろそろ大広間で宴会《えんかい》だ」

促《うなが》されて、弓弦はしぶしぶ歩き出す。

「しかし、弓弦もマメだなー。本家で行事があるたびに、足しげく通うなんて。叔母さん、相変わらずなんだな」

「おー……相変わらずの本家信奉者《しんぽう》だ。それに伊吹だって、毎回顔出してるだろ」

「そりゃ俺は、現役《げんえき》で志納流の講師やら師範《しはん》やらやってるから」

伊吹の場合、彼の父が家元の兄にあたる。従兄弟《いとこ》の中で華道を続けていたうちの一人で、高校を卒業後、そのまま志納流のスクール講師として働いていた。志納流でなにか行事があるときは、必ず駆《か》り出されるらしい。

「家元の血筋でそれじゃ、今日みたいな行事に出んのは当たり前だけど、お前は違うじゃないか。いい年なんだし、予定もあるだろ？」

「……まあ、うちは母が志納の家を好きだからね。それで、いらぬ誤解を受けたりするんだから、やってられない」

たまりかねてぼやくと、伊吹が同情的な顔をする。

今日も、それなりに多い従兄弟たちと顔を合わせたが、昔のように反目しあう態度こそらないものの、微妙《びみょう》な反応だった。

志納流は、創始者の意向もあってか、明言されてはいないものの「女子相伝」が暗黙《あんもく》の了解《りょうかい》のようにある。そのため、現在の家元も三男二女の五人兄弟であったが、家元を継《つ》いだのは第三子で長女の伯母《おば》――龍鳳の母であった。

けれど、その次世代に思わぬ事態が訪《おとず》れた。男子継承《けいしょう》に反発して作られた流派の跡《あと》継ぎ候補となるべく生まれた子供が、皮肉にも傍系《ぼうけい》も含《ふく》め、男児ばかりだったのだ。

突如《とつじょ》発生した「後継者問題《こうけいしゃ》」のため、弓弦たちは幼いころから互《たが》いをライバル視しあうように教えられてきてしまった。

志納家の子供は、基本的に男女関係なく、物心ついたころから華道を習わされる。

男児だから跡継ぎ候補から外れた、と最初に落胆《らくたん》した反動からか、躍起《やっき》になって子に仕込む親が多かった。弓弦は母たっての希望で伯母から指南を受け、それなりに厳しく教えられたが、我が子を後継者にと望む親手ずからの指導はその比ではなく、成績がふるわないと折檻《せっかん》を受ける従兄もいたと聞く。

そんな境遇《きょうぐう》では、従兄弟同士仲良く遊ぶ、などという風にならなかったのは、自然なことだったと言える。年齢《ねんれい》が下だった弓弦や龍鳳は八つ当たりされることも多く、道具を隠《かく》されたり、花を荒《あ》らされたりといういやがらせの餌食《えじき》となった。

　それが四年前、龍鳳が大学を卒業したことを契機《けいき》に、現家元が暫定《ざんてい》的に龍鳳を後継者として指名したことにより、にわかに起きていた「後継者問題」に一応の終止符《しゅうしふ》が打たれた。

　冷戦時代は終結し、今はこちらが挨拶《あいさつ》をすれば軽く会釈《えしゃく》が返ってくるという程度まで関係は修復してきたものの、いまだ仲良く話そうなどという雰囲気《ふんいき》はない。

　多感な時期に経験した「後継者問題」は、まだまだ禍根《かこん》を残しているのだろうから、仕方がないと言えば仕方がない。

「でも、華道家でもなんでもない、外にいる俺が頻繁《ひんぱん》に顔を出すから、まだ狙《ねら》ってんじゃないかって穿《うが》ってる人が多いんだよな。内にも外にもさ」

　これをぼやくと、家元である伯母にも、実母にも「放《ほう》っておけ」と言われる。

　弓弦が否定したところで納得《なっとく》するものでもないのだから、ということらしい。それはそうかもしれないが、いつまでもライバルだと思われるのは迷惑《めいわく》なのだ。だから本当は招集されても辞退したいのだが、それは志納流信奉者の母が許してくれない。

「まあ、小さいころからの刷り込みもあるから、今更《いまさら》仲良くも難しいわな」

「仲良くしたいっていうんじゃなくてさ……いらぬ期待を持たせてるというか、いらぬ反感を買ってるというか」

弓弦が諦《あきら》めていないのであれば、自分にもまだ望みがあるかも、という期待を抱《いだ》いているものも多い。

なるべくなら平穏《へいおん》無事に暮らしたいというだけなのに。

弓弦が愚痴《ぐち》ると、伊吹は無駄無駄《むだむだ》、と手を振《ふ》った。

「まだ後継者レースが生きてるとして、それでも無駄な期待だって」

だってあいつらの花、きれいじゃないし、と伊吹はあっけらかんとこき下ろす。

「死んだ祖母《ばあ》ちゃんが言ってたろ。『花は心』って。やっぱり『親が怒《おこ》るから負けられない』より『花が好き』で活けてるやつのほうがきれいなもんつくるのは当たり前だよ。教える親もそれを理解してないんだから、そもそも勝ち目がない」

志納流が好きでただ習わせたかった弓弦の母と違《ちが》い、家督《かとく》、財産などを優先したためにそうなってしまったのかもしれない。

「俺みたいに早々に自分の才能に見切りつけたほうが、遠回りしなくて済むのに」

呵呵《かか》と笑った伊吹に、弓弦は頭《かぶり》を振る。伊吹は別に、才能がなかったわけではない。龍鳳に、ほかより才能があっただけだ。

「この間、弓弦が雑誌に載《の》ってるの見た。ブーケの特集みたいなやつ。新婦の意見取り入れて、きれいなもんから可愛《かわい》いのまで、花を知ってて、花が好きで、なによりそれを持つ人のこと考えてるって感じでお前らしかったよ」

先日、結婚《けっこん》情報誌の取材を受けたもののことだ。よく見てくれている伊吹に弓弦は驚《おど》く。

「……俺は、伊吹の花、好きだよ。伊吹と同じで、優《やさ》しい感じがする」

派手で美しいものではない。けれど、見る人をほっとさせる、癒《いや》されるような花を伊吹は活ける。

伊吹はきょとんと目を丸くし、照れ隠しをするように、弓弦の首に手を巻く。

「愛《う》いやつ……愛いやつだお前は……！」

「伊吹、苦しい……っ」

悪い、と言いながら伊吹は手を離《はな》し、今度は絞《し》めない程度に肩《かた》を組んでくる。ぜいぜいと喘《あえ》ぎながらも、弓弦は抵抗《ていこう》しなかった。

「ま、優しいんじゃなくて優柔不断《ゆうじゅうふだん》なんだけどね。俺は」

「え？」

「そんなことより、聞いたか？」

声を潜《ひそ》めて、伊吹が耳打ちをする。なにが、と同じように声のボリュームを下げて、弓弦は訊《たず》ね返した。

「さっきの『暫定後継者問題』、もう龍鳳で完全に決まりかも。牡丹《ぼたん》さん、腹の中にいるの……男だったらしい」

伊吹がさらに顔を寄せて告げた内容に、弓弦は目を瞠《みは》る。

牡丹は家元の妹、つまり弓弦たちにとっては叔母《おば》にあたる。親の世代の兄弟で一人年が離れて生まれたため、どちらかといえば弓弦たちに年が近く、まだ三十代前半だ。五年前に婿《むこ》を取って子を生《な》したが、第一子は男児であった。

それでもまだ可能性がなくはないと、家元は龍鳳を次期家元として「暫定的に」指名していたのだ。

そして今から三か月前、その牡丹が二人目を妊娠《にんしん》していることが発覚した。後継者の指名がされて以来初めての事態に、もし女児が生まれたら、龍鳳を抜《ぬ》いて家元候補になるか否《いな》かという話題で持ち切りだったのだ。

けれど、その注目の第二子も、どうやら男児だという噂《うわさ》だ。ここまで偶然《ぐうぜん》が続くと、呪《のろ》いかなにかじゃないだろうかという気さえしてくる。

「次期家元は、今のところ龍鳳でほぼ確定だな」

「あー……そうだね。まあ、俺たちにはどっちにしろ無関係だし」

肩を組みながらこそこそと密談をしている二人に、すれ違う門下生の女性が訝《いぶか》しげな視線を送る。

愛想《あいそ》笑いを返しながら玄関《げんかん》へと上がり、二人は草履《ぞうり》を脱《ぬ》いだ。

「なんだよ弓弦、お前だって元・家元候補だったくせに」

「だからそれ自体、分家の俺たちにはそもそも関係ないんだって。誰《だれ》になったってどうでもいいし、興味ない」

素気無《すげな》く躱《かわ》した弓弦に、伊吹はあからさまに不満げな顔をした。

どちらにせよ、万が一家元になれと言われてもただ厄介《やっかい》なだけだ。弓弦の家では襲名披露《しゅうめいひろう》の金なんて払《はら》えない。襲名するのには、莫大《ばくだい》な金が必要となるわけで、それはしがないサラリーマン一家である弓弦たちに払える代物《しろもの》ではないからだ。

「――なにをこんなところで油を売っている」

突如声をかけられて、二人でびくりと身を竦《すく》める。伊吹が慌《あわ》てて手を離し、二人揃《そろ》って顔を上げると、龍鳳が三和土《たたき》からこちらを見下ろしていた。

ただでさえ長身で目つきが鋭《するど》いというのに、とてつもない威圧感《いあっかん》につい怯《ひる》んでしまう。

「……いや、べつに。なにか用事だった？」

弓弦が笑顔《えがお》で答えると、龍鳳が不機嫌《ふきげん》そうに眉《まゆ》を顰《ひそ》める。顔の造作が整っているぶんだけ迫《はく》力《りょく》があって、同い年だというのに弓弦はつい一歩引いてしまう。

その様子を検分するように眺《なが》めて、龍鳳はついと視線を逸《そ》らした。

「……気楽なもんだな。先程《さきほど》は、挨拶もなしに途中《とちゅう》で勝手に抜けていくし」

勝手に、と言ってもほかになにもすることがなかったのだから、弓弦が抜けようと構わないはずだ。

その言い草にむっと来たが、言い返すのも面倒《めんどう》で弓弦は「すみませんでした」と視線を逸らす。

「いいじゃないか別に。あとは宴会《えんかい》だけなんだし、それだって間があるんだろ。俺たちは別にすることもないんだし」

フォローに入ってくれた伊吹に、龍鳳は「暇《ひま》だったら門下生のお相手くらいしてくれてもいいんですけどね」と嫌《いや》みったらしい一言を投げつけてすたすたと歩いて行ってしまった。

その背が見えなくなるまで見送って、弓弦はほっと息を吐《つ》く。

「あーびっくりした」

草履を下駄箱《げたばこ》にしまって、三和土に上がる。なんとなく、龍鳳の立っていた場所を避《よ》けた。

「しっかし……龍鳳、成長してからますます迫力が増したなあ」

美形だからかな、と言って、伊吹が笑ったが、弓弦は曖昧《あいまい》に首をかしげた。

「あれは迫力があるっていうより、感じが悪いって言うんじゃないの。そもそもあいつ、俺のこと嫌《きら》いみたいだから」

弓弦の科白《せりふ》に、伊吹が瞠目《どうもく》する。

後継者《こうけいしゃ》が龍鳳に決定してから、従兄弟《いとこ》たちの間には、以前ほどぎすぎすした空気は流れなくなったことは確かだ。

弓弦は龍鳳に次いで後継者候補として名前が挙げられることが多かったせいか、敵愾心《てきがいしん》を向けられることが多かったけれど、元々人見知りをしないほうだったので、最近は従兄弟たちと

も番号を交換《こうかん》する程度の仲にはなっている。

だが唯一《ゆいいつ》、いまだまともに会話が成立しない男がいる。――それが龍鳳だ。

「嫌悪《けんお》の眼差《まなざ》しって感じだから、余計に威圧感あるんだと思う」

「そうか？　嫌悪感じゃないと思うけどなあ。お前に才能があるからいまだにライバル視されてるんだろ」

好きで続けているだけで、別に特別な才能があったわけではない。十代のころから国内外で高く評価され、すでに仕事を請《う》け負っていた龍鳳と違って、弓弦など国内の展示会で賞をもらうのが関の山だった。それなのに肩を並べていたかのように言われると、ひどく居心地《いごこち》が悪い。

「ライバル視ってそんな才能俺にないよ。――いてっ」

不意に、伊吹に後頭部を叩《たた》かれる。なんだよ、と文句を言ったが、伊吹は死んだ目をしてさらにどついてきた。

二人で並んで大広間へ向かうと、お膳《ぜん》や座布団《ざぶとん》が並べられている真っ最中で、宴会の準備はまだ終わっていなかった。

どうしようか、と言いながら、二人は所在無く広縁《ひろえん》で庭を見るともなしに望む。

「しかし、才能ないとかよく言えるよな。今日だって、現役《げんえき》講師の俺らを差し置いて、龍鳳と二人並んで生け花披露《ひろう》したくせに」

「あれは、俺があいつと同い年の男だからたまたま一緒《いっしょ》にやらされただけだろ。若い男が対《つい》でやると珍《めずら》しいし。それに、講義なんて俺にはできないから活《い》けたら終わりだったし」

弓弦は龍鳳と同い年で、家元の血縁《けつえん》で段もちであり、門下生が女性ばかりということもあって、請《こ》われて色々と駆《か》り出されることが多い。龍鳳と一緒に生け花の披露をすることもそれなりに多いが、あくまでおこぼれ的なお呼ばれである。同じテーマで花を活け、それをその後龍鳳や家元が解説するので、弓弦のすることはほとんどない。そこでも龍鳳と弓弦には明確な差があるのだ。

「もう家元候補からとっくに外れてるのに、なんであんだけ睨《にら》まれないといけないんだっつうの！」

「そりゃ、元々は女が継《つ》ぐもんだしなあ。いくら暫定《ざんてい》的とはいえ、いつその地位を脅《おびや》かされるか気が気じゃないんじゃねえの？」

いつとってかわられるかわからないから、と言われて、弓弦はとんでもないと首を振《ふ》る。

「俺、もう普通《ふつう》の会社員だし、今更《いまさら》継げとか言われても困るだけだし。……ていうか、あいつストレスかかってんじゃないのかなあ」

「ストレスって？」

いったいなんのことだ、と伊吹が訝しむ。

「昔っから、ちくちくちくちく、俺にいやがらせしてくるだろ。あいつ。叩いてきたり、突《つ》き飛ばしてきたり、服脱がせてきたり、背中に虫入れてきたり、嫌いなもの大量に皿に載《の》っけたり……色々」

先程もそうだったが、龍鳳は気が付くと弓弦に近づいてきて、意地悪を言ったり、いやがらせをしたりしてきた。思い出すと腹が立ってきて、弓弦は苛々《いらいら》と歯嚙《はが》みした。

「あー……」

「嫌いなら、近寄らなければいいと思わないか？　なのに、わざわざ気に食わない俺に近づいてよけい苛々してるって、ちょっとストレスで頭おかしくなってんじゃないのかなあと……思うんだけど」

「いや、そりゃまあ」

それもあり、後継者問題のことを周りからとやかく言われるようになったころから、弓弦は龍鳳と距離《きょり》をとるようにしてきた。龍鳳に才能があることはよく知っていたし、選ばれない自分が彼にストレスを与《あた》えるのも本意ではなかったから。

けれど龍鳳は、気づけばいつも近くにいた。

親戚《しんせき》で会食をするときも、年が同じせいで隣《とな》り合わせに座っていたし、子供だけで集められた座敷《ざしき》などでもいつも近くにいたのだ。

そのたびに、なにが気に食わないのか龍鳳は、弓弦に意地悪をしかけてきた。

「今回も、二人で並んで花を活けないといけなかっただろ？　あいつ、隣《となり》に座るなりなんて言ったと思う？」

「さあ?」

「『濡《ぬ》れたのら犬みたいな色だな。全く似合ってないし、品もない』だってよ」

なにかと言えば、着物の話だ。突然《とつぜん》の招集だったので、季節に合う着物が父のものしかすぐ出せなかったのだ。

確かに年相応とは言い難《がた》いものだったのかもしれないが、面と向かって不似合いだと言われて、せっかく作った笑顔にひびが入りかけた。

伊吹はきょとんとして、弓弦から距離を取る。そうして、上から下まで検分するように眺めて、首を捻《ひね》った。

「そうかぁ?　まあ、超《ちょう》似合ってる色っていうんでもないけどさ。だってそれ叔父《おじ》さんのだろ?」

若干渋《じゃっかんしぶ》みがあって落ち着きすぎているきらいがあるのは、初めからわかっていたのだ。なにせ、男性的な顔の父と、その要素の薄《うす》い自分とでは、似合う色が違《ちが》う。

「そうなんだけどね。あいつの嫌味《いやみ》は今に始まったことじゃないからいいんだけどさ。別に気にしてないし」

なにしろ、この髪《かみ》色と和服の相性《あいしょう》が悪いのは、昔からわかっていたはずのことだったのだから。

そうは言いつつも、指摘《してき》されたことについて自覚があっても、こき下ろされたらそれなりに傷つく。

けれど、目くじらを立てる程の話でもないので気にすることでもない、と言い聞かせてその場をやり過ごした。

「それに、本家ともめると面倒だからね。笑ってスルーできるうちはしとくよ」

もし我慢《がまん》ならなかったら、母親の言うことを聞かねばいいだけの話なのだから。まだ通えているということは、自分の中ではまだ限界を迎《むか》えていないということだ。

そう片づけていると、伊吹が思案するように顎《あご》を摩《さす》る。

「ていうかさ」

「ん？」

「龍鳳って、昔っからあんなんじゃなかった気がするんだよね」

伊吹の科白に、弓弦は目を瞬《またた》かせる。

「あんなって？」

「昔の龍鳳はむしろ、引っ込み思案な子供だった気がする」

「……まあな」

その記憶《きおく》は、弓弦の心の奥を刺激《しげき》する。

「まあ、跡継《あとつ》ぎとかになると、いろいろあるんじゃないの？」

物心ついたころから志納家の後継者争いを背負わされていた従兄《いとこ》たちは、敵愾心を持って接することも少なくなかった。

伊吹より年上の従兄も多かったため、小さかった龍鳳と弓弦はそのターゲットになることが多く、庭の池に落とされたり転ばされたりということも多かった。

その度《たび》にめそめそと涙《なみだ》を浮《う》かべる龍鳳の面倒《めんどう》を見るのが、傍《そば》にいた弓弦の役目だったのだ。

当時の龍鳳は今の厳《いか》つさの片鱗《へんりん》もなく、小さくたおやかで、とても可愛《かわい》らしい顔立ちをしていた。だからよけいに庇護欲《ひごよく》を煽《あお》られ、弓弦は「守ってあげないと！」という気持ちになったのかもしれない。

当時のことがぼんやりと思い返されて、弓弦はむずむずとした気持ちになる。

「伊吹は、割と庇《かば》ってくれたよな」

「そうだったかぁ？　普通《ふつう》に遊んだ記憶はあるけど」

それが二人を庇うことになっていたのだけれど、伊吹にとってはそれほど意識していたことではなかったらしい。

「今もそうだけど、自分たちの親がというよりは、周りの大人のほうが跡目《あとめ》に関してはやいやいうるさかっただろ。だから陰《かげ》でよけいそういう鬱憤《うっぷん》がたまったのかも」

けれど、弓弦の決意とは裏腹に、龍鳳がよそよそしくなっていったのも同じころだ。べったりとくっついていた龍鳳は弓弦から距離《きょり》を取るようになり、次第《しだい》に敵愾心《てきがいしん》を向けるようになった。いつも近くにいた龍鳳に急に掌《てのひら》を返されたようで、ショックだった。

今思えば、同い年なのに「守ってあげないと」というのは、おこがましかったかもしれない。

それが龍鳳にも伝わり、逆にバカにされたと誤解したのだろうか。

「……ちょっとふられた気分だったから、よけい覚えてるのかもしれないけど」

男の従兄相手におかしいかもしれないが、と笑うと、伊吹も苦笑《くしょう》した。

「なんだ、初恋《はつこい》みたいなもんか」

「伊吹の言葉の選択《せんたく》はおかしい」

確かにあのころの龍鳳は、黒いつやつやの髪で、女の子のように可愛らしかった。あながち伊吹の言うことも間違《まちが》いではないのかも、と思うが、今の龍鳳のビジュアルを思い返すといささか複雑な気分だ。

「……っと、そろそろ会食のほうの準備できたっぽくないか？」

食器の音がするので振り返ると、お膳《ぜん》に料理が並び始め、人が集まり始めている。そろそろ俺たちも、と伊吹が大広間のほうへ向かうので、弓弦もそれに倣《なら》った。


行事の後は、大抵《たいてい》親族のみの会食が行われる。会食といってもそう形式ばったものではなく、いわゆる「親戚の集まり」というものだ。おとなしいのは最初だけで、そのうち飽《あ》きてきた子供が動き回り、酒の入った大人たちの声が大きくなるのが常だ。

今日は珍《めずら》しく女性門下生の姿があり、甲斐甲斐《かいがい》しくお酌《しゃく》をして回っている。

ビールを傾《かたむ》けながら、上座の男を見やる。昔は弓弦たちと同じく下座にいた龍鳳は、次期家元に指名されたのを機に、場所を移動した。いつも隣り合わせることが多かった弓弦は、少々安堵《あんど》している。

人数が少ないときはどうしても席が近くなることもあったが、そういうときは必要もないお酌をして回り、あまりそばにいないようにしていた。今日は先のとおり女性門下生の姿が多いので、弓弦も妙齢《みようれい》の女性たちにお酌をされた酒を呷《あお》る。

——しかし、どうしてこうなったかな……。

昔はあまり変わらなかった体格も、中学生になったあたりから差が付き始めた。その頃《ころ》にはすでに龍鳳の態度が硬化《こうか》し始めていて、声をかけると凄《すご》い形相で睨《にら》まれたり、体に触れようものなら「触るな」と突《つ》っぱねられるようになった。

思春期特有の反抗期みたいなものかと思っていたけど、それは次第に意図を持ったものになり、「なんで自分だけにこんな態度を?」と理不尽に感じるような意地悪をされたこともある。

——俺、なんかしたかな……。したんだろうな。全然覚えてないけど。

意地悪をされ始めた要因は、いまだに心当たりがない。

そのきっかけを覚えていない様子の弓弦に更《さら》にムカついている、という可能性もある。なにがしかの選択を間違《まちが》えなかったら、今でも伊吹のように交流できる間柄《あいだがら》になっていたのだろうか。

――貴公子とかいうなら、もっと俺にも紳士《しんし》的に対応してくれよ。

少々妬《ねた》みの混じった視線には気が付かないまま、龍鳳はきれいな箸遣《はしづか》いで刺身《さしみ》を口に運んでいる。

今日は早々に退散してしまおう、とグラスを空けると、いつの間に控《ひか》えていたのか、ビール瓶《びん》を抱《かか》えた母親くらいの年齢《ねんれい》の女性が目の前でにこにこと微笑《ほほえ》んでいた。いささか驚《おどろ》いていると、まったく気にした様子もなく瓶を傾けて差し出してくる。

「弓弦くん、飲んでるー？」

「あ、はい。頂いてます」

もうこれ以上はと遠慮《えんりょ》しようとしていたが、グラスに無理やりビールを入れられた。

親戚《しんせき》の人数が多いので把握《はあく》し切れてはいないが、こちらの名前を知っている相手にどこの人でしたっけとも訊《き》けずに笑顔《えがお》で応対する。

おそらく、従兄弟小母《いとこおば》あたりにあたる人物か、婿養子《むこようし》である伯父《おじ》や祖父側の血縁《けつえん》の誰かだろう。

「今日の生け花素敵《すてき》だったわー。やっぱりイケメンが二人並ぶと絵になるわよね！」

「とんでもないです」

それが花と自分の容姿のどちらに対する評価なのか、と引っかかるものはあったが、敢《あ》えて追及はせずに礼を言う。

「そういえば、弓弦くんてホテル勤務なんでしょ？　あそこって志納流となにか関係あるんだったかしら？」

あるなら割引って利《き》くのかしらね、と言われて、弓弦は頭《かぶり》を振《ふ》った。

「いえ、志納流とは無関係ですし、縁故《えんこ》というわけでもないんです。それに、あまり花そのものに関係のない部署なので……」

実際はブライダルフラワーコーディネーターという職に就《つ》いているので全くの無関係ではなかったのだが、志納流に関《かか》わる業務ではなく、仕事をする上でその名を聞くこともないのでそう断った。

とにかく関わりのない仕事だ、ということを話すと、女性はきょとんと目を丸くした。

「あらー！　じゃあなにもそんなところに勤めなくたっていいじゃないの！」

「え？　いや、あの」

「そうよそうよ。わざわざそんなところに勤めなくても、志納流が経営する専門学校とかカルチャースクールの先生とか、色々あるじゃない！」

「ええと……」

確かに実際、従兄弟たちにはその職に就いているものが多い。伊吹も自宅で生け花を教えながら、カルチャースクールでも講師をしている。

弓弦も高校、大学を出るときに打診《だしん》されなかったわけではないが、あまり志納流と関わりたくなかったのだ。

──本家の家業に関わると、必然的に龍鳳と関わる羽目になるからな……。

志納流というよりは上座で一人澄《す》ました顔で食事をしている男とは、あまり関わりたくないというのが本音だ。もちろん、おいそれと次期家元を貶《おとし》めるようなことは言えなかったが。

「今からでも遅《おそ》くないから転職しちゃえば？」

そんなに軽く言われても、はいそうですかというわけにはいかない。自分が望んで始めた仕事だ。

名前も知らぬ親戚だが、悪気がない分たちが悪いような気もして、弓弦は苦笑した。

「いえ、今の仕事が好きなんです」

「そんなわけのわからないところで腕《うで》をふるうなんて勿体《もったい》ないわよ！　おばさんに任せてくれたら、テレビのお仕事だって紹介《しょうかい》できるんだから！　ね、そうなさい」

「いえ。ですから……」

「イケメンなのに勿体ないわよぉ！　出演料は文化人枠《わく》だけどね、そのあとの反響《はんきょう》がすごいんだから、テレビって！」

話のかみ合わなさに辟易《へきえき》としてしまう。婉曲《えんきょく》に言ったら通じない気もするし、かといって直裁に言えば角が立ちそうだ。どうすれば回避《かいひ》できるかな、と笑顔で思案する。

「――楽しそうですね、淑子《よしこ》伯母《おば》様」

不意に割り込んできた声のほうを見やると、てっきり上座に座っていると思っていた龍鳳が、いつの間にか傍《そば》に来ていた。今までやいやいと騒《さわ》いでいた女性――淑子は、そうなのよ、と鼻息を荒《あら》くした。

「弓弦くん、せっかく可愛《かわい》い顔してるのに表舞台《おもてぶたい》に出ないの勿体ないじゃない？　だからホテルであくせく働くより、志納流のために腕をふるったほうが」

「――本人が好んでやっている仕事を、他人がとやかく言う権利はありません」

淑子が言い終わらないうちに、龍鳳はばっさりと切り捨てた。低く澄んだ声は、妙《みょう》な威圧感《いあつかん》がある。自分が言われたわけでもないというのに、弓弦は思わず姿勢を正してしまった。

淑子はあっけにとられたような顔をし、居心地《いごこち》悪そうにしながらも、それでもめげずに口を開く。

「でもね、ほら、みんなに認めてもらえる仕事のほうが、充実感《じゅうじつかん》があるでしょ。サラリーマンじゃ、この先どうなるかわからないし。嫁《よめ》の来手だって難しいじゃない。その点、志納流が一気に廃《すた》れるなんてことありえないんだし、将来性から見ても、若い今がやめどきじゃない？」

完全に善意から出ているらしい科白《せりふ》に気圧《けお》されつつ、狭《せま》い世界で生きているものだとある意味感心してしまう。

ねえ？　と勢いよく振り返られて、弓弦は笑顔をひきつらせた。だが再び龍鳳が割って入ってくる。

「そういうことは、本人が希望をしているわけでもないのに無理強《むりじ》いすることではありません」

「でもね……」

「それに、淑子伯母様は彼の仕事を見てもいないでしょう。よく知りもしないでやめろだのなんだのと、失礼です」

柔《やわ》らかな声音《こわね》だが、はっきりと責める口調の龍鳳に、口やかましくしていた淑子は狼狽《ろうばい》した様子で愛想《あいそ》笑いを浮《う》かべた。さすがに、次期家元候補である龍鳳に窘《たしな》められれば、これ以上こちらに絡《から》む気もないのだろう。

あらやだそんなつもりはなかったのよ、と淑子は腰《こし》を浮かせた。気が向いたら言ってね、とめげずに弓弦に言いながらそそくさと立ち去る。

——……これって、助けてくれたんだよな？

普段《ふだん》は嫌味《いやみ》しか言わないので嫌《きら》われていると思っていた。まさか龍鳳から助け船が来るとは思わず、目を丸くする。

謝辞を言おうと口を開いたのと同時に、傍《かたわ》らの男が鼻で笑った。

「『こちら』へ来ることはない」

「え？」

「お前には、志納流よりも『そういうところ』がお似合いだ」

ぽんと投げ捨てられた言葉を瞬時《しゅんじ》に解すことができなくて、弓弦は目を瞬《またた》かせる。頭の中で男の言葉を反芻《はんすう》し、遅《おく》ればせながら理解して眉根《まゆね》を寄せた。

——俺のことはいいけど、仕事まで馬鹿《ばか》にしやがった。

そういう言い方はないだろう、とそう言えたらいいのだが、本家と諍《いさか》いを起こせばあとあと面倒《めんどう》なので、なんとか飲み込むことができた。

弓弦の睥睨《へいげい》などまったく気にならないらしい平然とした横顔に、余計に憤《いきどお》りが募《つの》る。

——一瞬《いっしゅん》見直した分だけ、余計むかつく……！

傍らにいるのが嫌で、まだお膳《ぜん》が半分以上残っている状態だというのに、弓弦は箸《はし》を置いて腰を上げた。母親にうるさく言われるのがわかっていたが、もうこの男の顔を見たくもない。

出口に向かう途中《とちゅう》で、伊吹に声をかけられたが、聞こえなかったふりをしてずんずんと歩みを進める。

けれど、なにを言われようと、礼を言わずにいるのもどうなのか、と思いはじめてくる。相手が無礼だからといって、こちらも無礼で返していいものか。

散々迷って、弓弦は来た道を引き返した。相手がどういう態度を取ろうと、自分まで非常識になっていいはずがない。甚《はなは》だ不本意ではあったが、一言ありがとうと言ってやろうと、大広間に戻《もど》った。

龍鳳の姿は、上座ではなく先程《さきほど》の弓弦の席にあった。

「龍ほ——」

振り返った途端《とたん》、視線がぶつかる。龍鳳は、何故《なぜ》かひどく動揺《どうよう》した顔をしてこちらを見ていた。不思議に思いながら近づくと、その手に箸袋《はしぶくろ》が握《にぎ》られている。なんでそんなものを、と思った矢先に龍鳳が口を開いた。

「席を、立ったんじゃなかったのか」

「え？　ああ、いや、そうだけど」

「——食事が終わったら、わかるようにしておけ」

そう言って、龍鳳は折った箸袋に弓弦が使った箸を戻して、お膳に置いた。

人の分まで気にするとは細かい男だ、と辟易しながら、弓弦ははいはいと返事をする。

「……で、なんの用で戻ってきた」

「ああ、さっき礼を言い忘れたから。ありがとう、助かった」

弓弦の言葉に、龍鳳は無表情のまま嘆息《たんそく》する。そして、特別リアクションをするでもなく、無言のまま自分の席へと戻っていった。

相変わらず感じが悪い、と思いながら、家元である伯母に挨拶《あいさつ》をして、弓弦は今度こそ本家をあとにした。

しばらく龍鳳の顔を見るのは遠慮《えんりょ》したい、と思っていたその翌週、弓弦は再び本家に呼び出されてしまった。土日に休みを取るのはもう無理、とあらかじめ言っていたせいか、きっちりと弓弦の仕事が休みの平日に呼び出された。

今回は生け花の披露《ひろう》はしなくてもよいとのことだったが、弓弦の休みが二日間ということで、両方ともスケジュールを押さえられてしまったのである。いくらなんでも二日にわたって拘束《こうそく》されるのは辛《つら》い。

弓弦の仕事は、それなりにハードだ。ホテルのウェディングが主な担当だというときらびやかで、花に囲まれた生活、と夢見る者も多いけれど、実際は力仕事も多い。場合によっては早朝に仕入れをすることもあるし、朝から晩まで会場設営や、ウェディングフラワーを作り続けていることもある。

連続で休日を潰《つぶ》されるのは勘弁《かんべん》してほしい。そう訴《うった》えたが、本家第一主義の母親が引っ込むわけがない。

——で、結局また来てるし……。

二度と顔を見たくなかったのに、今日は朝から顔を合わせる羽目になった。先週と同じく、父の着物を着て出席したため、またしても「似合わない」と言われてしまったが、無視した。

用事を言いつけられるのも嫌なので、弓弦は中庭をぼんやりと散策する。

着物は慣れていてもそれなりに体力を使うので、早く脱《ぬ》ぎたいなあ、とぶつぶつとぼやきつつ、庭園を愛《め》でているふりをした。

——……あ、龍鳳。

早々とお役御免《やくごめん》となった弓弦と違《ちが》い、次期家元である龍鳳は、門下生の指導で午後いっぱいが潰れるようだ。

今日は中の間で、龍鳳が講義をしながら花を活《い》けている。その手元には、おそらく雲海をイメージした花が広がっていた。

その幻想《げんそう》的な作品を活ける横顔は、悔《くや》しいけれどかっこよく、美しい。

——腕は文句のつけどころがないし、やっぱ、黙《だま》ってればいい男なんだけどなあ。

彼の作品は、奔放《ほんぽう》で大胆《だいたん》、と言われる志納流の中では、比較的繊細《ひかくてきせんさい》なものが多い。けれどそれは脆弱《ぜいじゃく》というわけではなく、むしろ静かな迫力《はくりょく》があるのだ。そして、活けた本人を見ると、作品の雰囲気《ふんいき》に合った寡黙《かもく》な美形で、その居住まいは作品と対《つい》となりいつも一枚の絵のようでもあった。

けれど、口を開くと、嫌味ったらしい口調で暴言を吐《は》いてくる。あれでは友達はおろか、嫁の来手もなかろうとどうでもいいことを心配する。

「弓弦」

声をかけられて、はっと我に返る。気が付いたら庭の植え込みをぶちぶちと引きちぎってい
て、慌《あわ》てて手を開いた。

藍色《あいいろ》の着物を身に着けた伊吹が、ひらひらと手を振《ふ》りながら近づいてくる。知った顔に、弓
弦は息を吐いた。

「あ、伊吹。お疲《つか》れ」

「お互《たが》いご苦労様だよなぁ……。俺もお前も、来週も多分呼ばれるな」

「はあ？　なんで？」

今日も、弓弦がすることなど殆《ほとん》どないくらいだった。

呼びつけられる理由が思い至らないと憮然《ぶぜん》とする弓弦に、伊吹は目を丸くする。

「なんだお前、知らなかったのか？」

「……知らなかったって、なにが？」

「つまりさ」

声を潜《ひそ》め、伊吹は座敷《ざしき》を指で指し示す。その先には、指導に当たっている龍鳳と、ずらりと
並んだ門下生がいるだけだ。

特に変わったところはないが、と怪訝《けげん》に思っていると、伊吹が肩《かた》をすくめる。

「なんかいつもとちょっと違うところがあると思わないか？」

「いつもと……って」

持って回った言い回しをせずに、早く教えろ、とは思いつつも、言われるままにじっとその光景を眺《なが》めてみる。

けれど、やはりとくに変わったところはないように思えた。龍鳳はいつも通りのように見えるし、門下生もみな着物を身に纏《まと》い、静かに花を活けている。

じっと観察をしていると少々の違和感《いわかん》を覚え、ああ、と手を打った。

「そう言われてみると、今日はみんな振袖《ふりそで》着てるかも」

いつもなら、わずかながら男性の姿もあったり、既《すで》に華道《かどう》を始めて何十年、という女性の姿もあるものだ。しかし、今龍鳳の前にいる女性たちは違う。

「そう、つまり？」

「つまりって……皆《みな》、未婚《みこん》女性？」

その答えを導き出して、合点《がてん》がいく。そうやって意識して見てみると、全員が二十代のようだ。極端《きょくたん》に若い女性もいなければ、弓弦たちより極端に離《はな》れた年齢《ねんれい》の女性もいない。そして、未婚女性とはいえ平時のときは訪問着が多いのに、それもない。

つまり、あの場にいるのは、妙齢《みょうれい》の——花嫁《はなよめ》候補ということなのかもしれない。

そう結論付けると、伊吹が「ご名答」と大袈裟《おおげさ》に言ってみせる。

「……品定めってことね」

「そ。しかもみーんな粒《つぶ》ぞろい。全員一級免状《めんじょう》もちの二十代」

「はー……次期家元も大変だな。自由恋愛《れんあい》は認められないのかよ」

血縁者《けつえん》とはいえ一般《いっぱん》家庭に育っている弓弦には、にわかに信じがたい光景だ。げえ、と舌を出すと、伊吹が肩をすくめる。

「なにを他人事《ひとごと》みたいに」

「他人事だろ。龍鳳が結婚《けっこん》するかどうかなんて」

「バカ。なんで連日俺たちまで呼び出されてると思ってんだよ」

「なんでって……手伝いだろ」

本家の催《もよお》し物があったり、親族の行事があったりすれば、毎度ではないにせよ呼び出されるのが普通《ふつう》だ。

確かに二週連続で、というのは珍《めずら》しいが、今に始まったことではないだろうと言うと、伊吹は察しが悪いとばかりに頭を掻《か》いた。

「だったらなんで、俺たちだけ呼ばれてると思ってんだよ。千年《ちとせ》兄とか、志納流にずぶずぶなのに来てないぞ」

そう言われてみると、一回りほど年嵩《としかさ》の従兄《いとこ》は、今週も先週も姿を現さなかった。千年は家元の兄の息子《むすこ》で、既に所帯を持っている。

「……呼ばれてる親族も、未婚のやつってこと。なんだ、ほんとに知らずに来てたのか？」

「知るかよ」

　ここのところ、休日返上で付き合わされているのは、「次期家元の嫁《よめ》候補」から脱落《だつらく》したうちからおこぼれに与《あずか》るため、ということか。

　改めて考えてみれば、先日の会合もやけに若い門下生たちがいたような気がしてくる。門下生が所縁《ゆかり》のない親戚《しんせき》に酌《しゃく》をして回るというのもおかしかったかもしれない。いわば、嫁候補たちのお披露目《ひろめ》を兼《か》ねていたのだろう。

　急に微妙《びみょう》な気持ちになって、弓弦は鼻の頭にしわを寄せた。

「大きなお世話だ。っていうか、そんなことのために俺は貴重な休日を潰されてるわけか！」

「まあまあ。それが本家なりの気の遣《つか》い方なんだろ」

「俺は明後日《あさって》からまた仕事なんだよ！　サラリーマンなの！　休日にしかできないこともあんの！　やってらんねえ――……」

　伊吹以外の前で言おうものなら「だったら融通《ゆうずう》が利《き》くから志納流で働け」と本気で言われそうで、決して零《こぼ》せない愚痴《ぐち》を言ってみる。

　深々と溜息《ためいき》を吐くと、伊吹が慰《なぐさ》めるように肩をたたいた。

「……そんなに嫌《いや》がるって、お前、結婚するような相手が既にいたりすんの？」

　探《さぐ》るような声音《こわね》に、弓弦は少々警戒《けいかい》しつつも否定する。

「いや、いないけど。相手の有無《うむ》ってことじゃなくて、俺は結婚は好きな相手としたいし、こんな政略結婚みたいなのいやだってことが言いたいんだよ。女衒《ぜげん》みたいじゃんこんなの」

そうだろ、と言い返すと、伊吹はなぜか曖昧《あいまい》な表情を浮《う》かべた。

「んー……まあね。ていうか、女衒ってお前」

古風な言い回しをするな、と苦笑《くしょう》される。

「それに、俺は『結婚』は、今は他人のために働くのでいっぱいいっぱい。自分のことまで構ってられないっつうの」

合コンならともかく、一方だけが選びたい放題な状況《じょうきょう》もあまり好ましくない。

二人で批判をしていると、いつのまにか龍鳳の講義を聴《き》き終えたらしい門下生たちが、ぞろぞろと庭へと出ていくところだった。

休憩《きゅうけい》時間だろうかと視線を投げると、龍鳳が、そのうちの一人の女性をともなって庭に下りてくる。

弓弦と伊吹は口を閉じ、二人の動向をそっと見守った。

「……あれが第一候補か?」

呟《つぶや》いた伊吹に弓弦が答えを出せるわけがなかったが、「そうなんじゃない?」と返す。

今日龍鳳の前にいた女性たちは皆美しかったが、横を歩く彼女は、その中でも清楚《せいそ》でおとなしげな印象の女性だった。楚々《そそ》として、艶《つや》のある黒髪《くろかみ》を背中に垂らしており、年配女性の好みそうなタイプである。

婚約者《こんやく》候補は皆、志納流の免状もちだという。弓弦は龍鳳の傍《かたわ》らに立つ女性には見覚えがなかったが、小さいころからなじみのある相手なのだろうか。

「第一候補って、どんな人なんだろう」

「年は龍鳳の一歳下。志納流の免状もちで、武家茶道《さどう》『館林流《たてばやし》』の家元の娘《むすめ》。名前は紫《ゆかり》さん」

さらりと答えた伊吹に、弓弦は目を剝《む》く。

「詳《くわ》しいな」

まあな、と伊吹が肩《かた》をすくめる。

それくらいは親戚《しんせき》同士ならば既知《きち》の事実なのかもしれないが、弓弦は耳に入れていなかった。

「へえ。ていうか、お茶もお花もってことだろ。すごいな。血筋もなにも、申し分なしって感じか。……あ」

庭園を散策している途中《とちゅう》で、女性が石に躓《つまず》いた。それを危なげなく支え、微笑《ほほえ》む龍鳳は確かに貴公子と呼ぶにふさわしい出《い》で立ちかもしれない。

その優《やさ》しげな笑《え》みに、なんだかむっとしてしまう。

――ほんと、俺以外にはああいう顔見せるんだよな。あいつ。

むさくるしい成人男子と、和服美人を比べたら、どちらに笑顔を向けるかなどわかりきった話だが、それでも面白《おもしろ》くない。

弓弦に対してはいつも、意地悪そうな表情や、苛々《いらいら》としているだけに、その笑顔を見ると憤《いきどお》りがわいてきた。

「ずいぶん、仲がいいんだな。あの二人」

伊吹のコメントに、そうだね、と返す。もし彼女が第一候補なのだとしたら、どの程度まで関係の進展がしているものなのだろうか。

そんな少々下世話なことを考えながら、睦《むつ》まじく並ぶ二人を眺める。

彼女がよろけたからか、龍鳳は優しく手を差し出し、女性もその手を取って中庭を散策しに向かった。少々恥《は》じらうその姿にあざとさはなく、奥ゆかしくも可愛《かわい》らしい女性だ、と感心する。

妙《みよう》に苛立《いらだ》ちも覚えて、けれどその理由が思い至らずに黙殺《もくさつ》する。

「おー。大和撫子《やまとなでしこ》って感じだなー……。なんで龍鳳ばっかり……」

うらやましい、とぼやくと、傍らの伊吹も無言で首肯《しゆこう》した。


お見合いパーティのようなものだとわかれば義理を果たす気もわかず、弓弦は一日でお暇《いとま》しようとひそかに心に決めていた。

だが、伊吹に「俺を置いていく気か」と言われ、しぶしぶ留《とど》まった。明日も朝から会場設営があるのだ。

午前中までは義理を果たすつもりだが、明日はさっさと用事を済ませて帰ってしまおう、と思いながら床《とこ》に就《つ》いたが、なかなか寝付《ねつ》けない。

「うーん……」

ごろごろと寝返《ねがえ》りを打ってみるものの、目をつむると、昼間に見た情景が思い浮かんで、変に目が冴《さ》えてしまう。

弓弦自身も、周囲から結婚の予定は、と訊《き》かれることは多いけれど、恋人《こいびと》すらいないので他人事のように感じていた。でも、同い年の龍鳳が実際に「花嫁選び」という段階に追い込まれているのを見て、なんだか焦燥《しょうそう》を感じてしまう。

いずれ家元になる男は、いつかその地位に相応《ふさわ》しい立派な嫁を迎《むか》えるのだろう。

——……苛々する。

きれいな女性とうまいことやっているようだという事実にも、自分にはあんなに睨《にら》みを利かせる癖《くせ》に、ほかの人を見るときは優しげな表情をする、ということにも。

別に龍鳳が特別気にかかっているわけではないし、女性にするようにされたいわけではないけれど、あまり極端《きょくたん》に差別されれば面白くないのは当然だ。

いったい自分が、なにをしたというのか。仲の良かったころが記憶《きおく》にある分だけ、少々切ない気持ちになる。

「……眠《ねむ》れない」

外の風にでも当たってこよう、と弓弦は寝室《しんしつ》を抜《ぬ》け出した。

「わ、でけえ月」

秋の夜風はそれなりに冷たく、煮立《にた》った頭も次第《しだい》に冷えて行く。

時刻は午前一時を回ったところだが、殆《ほとん》ど寝静《ねしず》まっているようで葉擦《はず》れや虫の音以外は聞こえない。都内だが閑静《かんせい》な住宅街のため、車の走る音は聞こえるが遠くまばらだ。

志納家ご自慢《じまん》の日本庭園は広く、まだ龍鳳が弓弦の後をついて回っていたころは、よくここでかくれんぼをして遊んだのだ。

珍しくかくれんぼに参加した従兄《いとこ》たちの意地悪で、二人で四阿《あずまや》の陰《かげ》に隠《かく》れてそのまま放置されたこともあった。待っているうちに寝《ね》てしまい、起きたら親戚の大人たちが血相を変えて捜《さが》し回っていて、大目玉をくらったのだ。

あとで聞いたところによれば、龍鳳は先に目を覚まして、真っ暗な場所に取り残されているのに気が付いて怖《こわ》い思いをしたらしい。目を覚ましたとき、弓弦に縋《すが》って涙《なみだ》目になっていた。

けれど二人並んで説教された後、龍鳳が「また一緒《いっしょ》にかくれんぼしようね」と内緒話《ないしょばなし》をしてきたのだ。

怖いところに二人きりでも、大人に沢山《たくさん》怒《おこ》られても、弓弦と一緒なら平気だよ、と微笑んだ龍鳳は、掛《か》け値なしにとても可愛らしかった。

——どうしてこうなった……。

ふてぶてしい現在の龍鳳を思い、げんなりとする。

けれど、思い返すと懐《なつ》かしくて、子供のころに気に入っていた場所をうろうろと歩き出した。

——そういえば、そのころはまだ離《はな》れってあいつの部屋じゃなかったんだよな。

志納家の離れは三つあり、そのうち二つは客室として使われているが、一つは家人の部屋となっている。そこは笹《ささ》林に囲われた切妻造りの平屋で、まだその当時存命だった、曾祖父《そうそふ》の自室だった。

今は龍鳳の部屋となっているが、弓弦はその部屋が好きだった。

曾祖父はかくれんぼのとき、弓弦をよく匿《かくま》ってくれていた。あまり入ったことのない部屋に入るのは探検のようで面白かったし、自分はもちろん、親でも持っていないような不思議なものがいっぱいあったのだ。

曾祖父が亡《な》くなってしばらくして、龍鳳の部屋になったと聞いたときは、正直なところがっかりした。

もうそのときには龍鳳は弓弦にたいしてつんけんとした態度をとっていたし、自分もそんな彼と仲良くできなかったので、二度とあの部屋には入れない、と思ったのだ。

——……あいつ、どういうつもりだったんだろ。

ちょっと上向いた気持ちがまた急降下して、弓弦は溜息《ためいき》を吐《つ》く。

昼間はとてもでないけれど、中にはいるどころかその外側を見ることすらままならない。だが今の時間なら、と、弓弦は現在は龍鳳の部屋である離れへと足を向けた。

見つかればまた、嫌味《いやみ》の一つや二つ飛んでくるに違《ちが》いない。それでも、少々感傷的な気分に背中を押されるように、足を踏《ふ》み入れる。

もう寝ているだろう、と思った離れには、まだ明かりが点《つ》いていた。

——なんだよ、まだ起きてんのか。

ここは退散したほうが、とにわかに後退すると、不意に人の声が聞こえた。

なにやら、ぼそぼそと話し声が聞こえる。真夜中で、あたりが静まりかえっているからかろうじて聞こえてくるが、それほど大きな声ではないため、なんと言っているのかわからない。

電話中だろうか、と思いながら近づいてみる。

——……ん？

夜風を入れるためか、雨戸と離れの障子戸は開いていた。寝室の文机《ふづくえ》の前で、龍鳳が沈《しず》んだ顔でうつむいている。

その横顔は美しいが、先程《さきほど》からぶつぶつと聞こえていたのがどうやら龍鳳の独り言だったというのを察し、いささか不気味に思った。

——大丈夫《だいじょうぶ》か、あいつ。

もしここにいることがばれたら、どちらにとってもあまりいいことにはならないような気がして、弓弦は踵《きびす》を返そうとした。

「――弓弦」

龍鳳に名前を呼ばれて、弓弦はその場で固まった。

それほど大きな声ではなかったが、もともと通りの良い声と、自分の名前を呼ばれたということが相俟《あいま》って、やけに耳につく。

まさか、気づいていたのだろうかと恐《おそ》る恐る振《ふ》り返ると、龍鳳は先程と変わらぬ姿勢のまま、机に向かっている。

こちらに気づいているわけではないようだ。その証拠《しょうこ》に、弓弦がいつまでたっても返事をしないのに、それを気にかけた様子はなかった。

そんな状況《じょうきょう》で、弓弦はふとどうでもよいことに気が付く。

――なんか、あいつに名前呼ばれるの……すごい久しぶりじゃないか？　いつも「おい」だの「お前」だのそんなんばっかで。

だが、弓弦に気づいていて名前を呼んだわけじゃないらしい。

そうなると、名前を呼ばれた理由が解せなくて、弓弦は不審《ふしん》に思う。そっと移動をして、龍鳳の手元を見ると、彼はただうつむいているのではなく、一葉の写真を眺《なが》めているようだった。

――龍鳳、なにしてんだ？

お前こそなにをしているんだと言われそうなのは弓弦も一緒だが、普段《ふだん》から目の敵《かたき》にされている相手から名前を呼ばれる状況がわからない。

もしかして呪《のろ》いでもかけているのか、と若干《じゃっかん》不安になったそのとき、龍鳳がそっと写真を持ち上げた。そうして、その表面にそっと指で触《ふ》れている。

龍鳳は深々と溜息をつき、再び「弓弦」と名前を呼ぶ。その声がやけに悲しげで、聞きようによっては切なげに聞こえて戸惑《とまど》う。とても、呪いなどかけている雰囲気《ふんいき》ではない。

それはまるで、愛《いと》しいものでも呼ぶようで、困惑《こんわく》する。

——なんで、俺の名前……？　ていうか、この状況怖《こわ》い！

たまりかねて、龍鳳の前にいっそ出てしまおうかと足を踏み出したタイミングで、龍鳳が口を開いた。

「——弓弦、好きだ」

男の口から飛び出したまさかの科白《せりふ》に、弓弦は固まる。

ぽとりと落ちてきた言葉を何度も反芻《はんすう》し、そうしてようやく理解した。

「——はあ!?」

反射的にあげてしまった大声に、龍鳳がばっとこちらに視線を向けた。

間抜《まぬ》けにも棒立ちになっていた弓弦と龍鳳の目が、ばっちり合ってしまう。

つ、と背中に冷や汗《あせ》が流れた気がした。龍鳳は、珍《めずら》しく呆然《ぼうぜん》とした顔でこちらを見ている。

いつも花を活《い》けている真剣《しんけん》な表情か、睨んだり嘲笑《ちょうしょう》したりと挑発《ちょうはつ》的な顔しか見ていなかったので、それすら新鮮《しんせん》に見えたが今はそれどころではない。

――こいつ、今なんて言った？　幻聴《げんちょう》？　幻聴だよな？

いつも自分に対してだけ執拗《しつよう》にいやがらせをしてくる、憎《にく》たらしい従兄《いとこ》。そんな男が、自分に好意を寄せているなんてありえないはずだ。

だが、確かに、弓弦のことが好きだということを、眼前の男は口にした気がする。

我に返ったのは弓弦のほうが先で、錆《さ》びた機械人形のように、ぎこちない動きで一歩後退した。

「あの、ええと」

まだ龍鳳は身動《みじろ》ぎしない。

なにもおかしくないというのに、弓弦は乾《かわ》いた笑い声をあげて頭を掻《か》いた。

「じゃあ、俺はこれで……そういうことで、はい」

なにがそういうことで、なのかわからないが、笑顔《えがお》をはりつけたまま立ち去ろうとする。

けれど弓弦が後ろを振り返った拍子《ひょうし》に、龍鳳も正気に戻《もど》ったらしく、「待て」と低い声で命じてきた。

誰《だれ》が待つか、と思いつつも、小さいころから刷り込まれていた「本家に逆らわない」という教えに体が固まった。

振り返ると、龍鳳は縁側《えんがわ》に立ち、人を一人殺してきたような表情でこちらを見据《みす》えていた。あまりの迫力《はくりょく》に、弓弦は涙目になりそうになる。

「――上がれ」

くい、と顎《あご》で示されて、結構ですと辞退したかったのに、体が言うことを聞いてしまう。重い足取りで縁側のほうへ向かうと、ただでさえ長身の男に上から見下ろされた。

今なら聞かなかったことにできるのに、と思ったのだが、龍鳳にはその気がないらしい。早く、と急《せ》かされて、弓弦はいやいやながら草履《ぞうり》を脱《ぬ》いで上がった。

対面に用意された座布団《ざぶとん》に恐る恐る座る。なんだか龍鳳との距離《きより》がやけに近く感じたが、離すとまた不興を買いそうで、おとなしく座った。

久しぶりに入った離れは、曾祖父がいたころとはいくらか様子が違っている。畳《たたみ》や香《こう》、古い紙の匂《にお》いのしていた部屋は、すでに家主が代わって時間が経《た》ち、すっかりと変わっていた。

あまり見まわさないほうがいいかと思い直し、対面に座る男を見やる。

座れ、と命令口調で言ったくせに、龍鳳は片手で顔を押さえながら、項垂《うなだ》れていた。

――……こいつが上がれって言ったのに、なんなんだ一体……。ていうか、今更《いまさら》俺を上げたの後悔《こうかい》してるとか……？

しかしここで夜を明かす気もないので、手っ取り早く話を済ませてしまおうと、弓弦のほうから切り出した。

「……あの、さ」

弓弦が口を開くと、龍鳳の肩《かた》がびくりと揺《ゆ》れた。こんな龍鳳を見るのはほとんど初めてで、弓弦は目を瞠《みは》る。

やはり、先程のことは触れないほうがいいのかもしれないと、内心焦《あせ》る。

「ええと、ほら、ていうかさ、お前明日も早いんじゃないの？　早く寝《ね》たほうがいいんじゃないか？」

いっそなかったことにしよう、とばかりに笑い飛ばしてみる。

な、と親切ごかして言うと、頭《こうべ》を垂れていた男がゆらりと顔を上げた。

少々翳《かげ》りのある美貌《びぼう》は、真夜中に見るとなかなかの迫力があって、弓弦は音を立てて唾《つば》を飲む。

二時間ドラマで殺されるとしたらこういう状況だろうか、と冗談《じょうだん》で考えてみたが、なんだかやけに不安になってきて冷や汗が出た。

「……龍鳳？」

頼《たの》むからなにか言ってくれ、怖いんだよ。とは言えずに名前を呼ぶと、龍鳳は膝《ひざ》の上に載《の》せていた手でこぶしを握《にぎ》った。

「……すまん」

「龍鳳？」

唐突《とうとつ》に落ちた謝罪に、思わず目を丸くしてしまう。口を開けば嫌味《いやみ》しか言わない男の口から「すまん」だなんて、天変地異の前触《まえぶ》れか、と。

不審がると、龍鳳はばっと畳に手をついた。一体なにが始まるのかと引くと、龍鳳は勢いよく頭を下げた。

「……今見たことは忘れてくれ。あれは幻《まぼろし》だ」

「は？」

突然《とつぜん》わけのわからないことを言い出した男は顔を伏《ふ》せたままで、弓弦にはその表情はわからない。ふざけているのかなんなのか、その態度に段々腹が立ってきて、弓弦はずいっと詰《つ》め寄った。

「あんな幻あってたまるか。忘れるのも無理。ちゃんと説明しろよ」

「……なんのことかわからない」

「とぼけるなよ！」

目を逸《そ》らして下手な言い訳でしらを切ろうとした男に苛立《いらだ》ち、弓弦は龍鳳の肩を摑《つか》んだ。

「さっきのはどういう――」

意味だ、と問いかけて、口を噤《つぐ》む。眼前の龍鳳の顔が、まるで茹《ゆ》でられたように赤くなっていった。

「ちょ、なに」

いったいなんなんだ、と惑《まど》いながら、弓弦は手を離《はな》した。龍鳳は弓弦を見据えたまま、じりじりと離れていく。

弓弦から一メートルほど距離を取り、すっかり乱れた襟元《えりもと》を正しながら、龍鳳は深々と溜息《ためいき》を吐《つ》いた。

「……急に、触《さわ》るな」

「触るなって、なんだよそれ」

好きだと言ったり、触るなと言ったり、情緒《じょうちょ》不安定にもほどがある。

龍鳳の挙動不審ぶりに文句を言おうとしたが、次に飛び出した科白に度肝《どぎも》を抜《ぬ》かれて言えなかった。

「……弓弦に触られたら、どうしたらいいかわからなくなる」

そう言って、更《さら》に顔を赤らめた男に、弓弦はぽかんと口をあけてしまった。

それがどういう意味かなど訊《き》かなくてもわかる。恐《おそ》らくそれはうぬぼれなどではない。いっそ、それってどういう意味、などと言って知らないふりをしたほうがいいのだろうかとも思ったが、茶化《ちゃか》すのも憚《はばか》られて、「そうなの？」としか言えなかった。

「でもお前、俺のこと嫌《きら》い……だよ、な？」

一応確認《かくにん》してみると、龍鳳はぐりんと顔を向けた。もごもごと口を動かし、意を決したように勢いよく立ち上がる。びびって後方に体を引いた弓弦を置いて、龍鳳は文机《ふづくえ》の横にあった紙箱を持って戻ってきた。

どん、と目の前に箱を置いて、龍鳳は胡坐《あぐら》をかく。その箱の上に、なにかを叩《たた》きつけた。

「な、なに？」

恐る恐る見ると、そこにあったのは一葉の写真——弓弦の写真だった。

雰囲気《ふんいき》からすると、社会人になりたての頃《ころ》のもので、本家に挨拶《あいさつ》にしにきたときの自分かもしれない。だが、それを撮《と》られた覚えはない。写真の中の自分も、カメラのほうを気にしてはいなかった。

「……なにこれ？」

弓弦の疑問には答えず、龍鳳が箱を開ける。

その中には、いくつかの写真とごみのようなものが、きっちりと収められていた。

覗《のぞ》き込むように身を寄せると、龍鳳が箱の中から写真を差し出してくる。そのものすごい勢いに気圧《けお》されつつ受け取った。

——……俺ばっか。

写真は、ものの見事に弓弦ばかりだ。年齢《ねんれい》はまちまちで、幼いころのものから、つい最近のものもある。

「わ、なにこれ。懐《なつ》かしいけど……なんでここにあるんだ？」

その中には、遠足や修学旅行の写真まであった。ちなみに、龍鳳と弓弦は、一度も同じ学校になったことはない。

え？　え？　と当惑《とうわく》していると、龍鳳が再び畳に手をついた。

「……ばれた以上は、弓弦に処分を任せる」

「ばれたって、処分って、なに？　悪い、全然意味わかんねえ」

整理がつかず、ちょっと待てと押しとどめる。龍鳳は顔を上げて造作の整った顔をくしゃりと歪《ゆが》めた。

「……お前と話す勇気もなくて、……告白なんてもっと無理で、練習しようとしてたんだ」

「ええと……」

それが先程《さきほど》の珍事《ちんじ》に繋《つな》がるのかと、比喩《ひゆ》ではなく眩暈《めまい》がする。

弓弦に対する告白の言葉を聞いたのは、気のせいではなかった。しかも、それがいつからの習慣か知らないが、だいぶ幼いころの写真もあるというのは、そういうことだろうか。

それって、と訊くのも怖くて、弓弦は写真を元の箱にそっと戻《もど》した。

「……で、あの、このごみは？」

箱には、写真の他《ほか》に箸袋《はしぶくろ》や、黒文字、糸針金の切れ端《はし》、古い叉木《またぎ》などが入っている。

これは一体、と龍鳳をうかがうと、唇《くちびる》を引き結んでなにかをこらえている様子だ。ぎょっとして、弓弦は首を振《ふ》る。

「いや、言いたくないなら！」

「――いや大丈夫《だいじょうぶ》だ。それは……弓弦が使ったもので」

「……は？」

言われて、もう一度視線を落とす。まったく覚えがないが、一度弓弦が使用したものを、集めて箱に入れていたということだろうか。

――むしろ俺が聞きたくなかった！

結構気持ち悪い！　と口に出さなかった自分をほめたい。

糸針金や叉木などの道具系はともかく、箸袋や黒文字は少々変態じみている。明らかにドン引きしている弓弦に、龍鳳はあわてて言い訳をした。

「集めてるだけで、舐《な》めたりとかはしてないから！」

――そういう問題じゃねー！　どっちにしても大差ねえよー！

戦《おのの》きつつ、先日弓弦が立ち去って一旦《いったん》引き返したときに、弓弦の膳《ぜん》の前でなにやら龍鳳がごそごそしていた記憶《きおく》が蘇《よみがえ》る。

あれは、この「コレクション」集めだったのか、と思い至って閉口してしまった。道理で、声をかけたときにやけに焦《あせ》っていたはずだ。

――おい誰《だれ》だよ、これ。

いつもは険しい顔をして目も合わさない、たとえ合っても睨《にら》むばかりだった男が、顔を真っ赤にしてこちらの様子をうかがっている。今まで、こんな様子の龍鳳など、見たことがない。

よく似た別人と言われたほうが、まだ納得《なっとく》がいく。

本物はどこだ、とくだらないことを本気で考えていて、眼前に迫《せま》っていた龍鳳に気づくのに遅《おく》れた。

「――っ！」

気が付けば、驚《おどろ》くほど至近距離《きょり》にいた男に、弓弦は目を剝く。

先程「触るな」と言ったばかりの龍鳳は、上体を近づけて弓弦の浴衣《ゆかた》の袖《そで》を引いた。その力が強くて、弓弦は身動きが取れない。

向けられた視線がいやに熱っぽく、相手は龍鳳だというのに、どぎまぎしてしまう。

「弓弦……」

低い声は、周囲が静かなせいかよく響《ひび》いた。鼓膜《こまく》をくすぐるような声音《こわね》に、ぞくんと背筋が震《ふる》える。

じりじりと動く手が、袖をめくって手首に触《ふ》れた。素肌《すはだ》に触れる龍鳳の掌《てのひら》は、ひどく熱く、汗《あせ》でしっとりしている。

冗談《じょうだん》だろと返そうとしても、触れる肌《はだ》の感触《かんしょく》で、彼が嘘《うそ》をついているわけではないというのがわかってしまった。

無意識に引けた腰《こし》を咎《とが》めるように、腕《うで》を引かれる。

「……頼《たの》むから、逃《に》げないでくれ」

言いながら、龍鳳の腕が弓弦の腰を抱《だ》いた。待ってと制止の声を上げるより早く、男の胸に抱き寄せられる。

密着したせいで、龍鳳の息が熱く、震えているのがわかってしまった。合わせた胸を通して、心臓が早鐘《はやがね》を打っているのも伝わってくる。

嘘で、揶揄《からか》おうとして、こんなことをしているわけではない。

それがわかるだけに、弓弦の混乱は深くなる。

――なんで？　俺のこと、嫌いなんじゃなかったのか？

いままで、嫌われていると思っていた。今までそれだけのことを言われ、されてきたと思う。けれど真剣《しんけん》なのがわかるから、無下につっぱねることもできない。

それでも、今まで培《つちか》ってきた敵愾心《てきがいしん》がそう簡単に払拭《ふっしょく》できるわけもなくて、その背を抱き返すことはできなかった。

応《こた》えない弓弦に焦《じ》れたように、龍鳳の腕の力が強くなる。

「龍鳳、苦しい」

咎めた声に、拘束《こうそく》するような腕が緩《ゆる》む。その胸をそっと押し返して、男の顔を見る。

改めて確かめてみても、やはり、龍鳳で間違《まちが》いない。その顔は緊張《きんちょう》して強張《こわば》り、不安げに見える。

悪い夢でも見ているような気分になりながら、弓弦は龍鳳を見やった。

「……龍鳳、それ、本気か？」

悪い冗談なのではないか。微《かす》かな望みを込めて言うと、龍鳳の顔が悲しげに歪む。

「ずっと、お前が好きだった」

「……そんなこと、突然《とつぜん》言われても」

信用できない。そこまでは口にしなかったが、今までの言動を振り返れば当然だという自覚があるのか、龍鳳が悔《く》いるような、悲しげな表情を浮《う》かべる。

表情は弱々しいのに、弓弦に触れる手は強く、離《はな》れようとしない。逡巡《しゅんじゅん》の後、龍鳳は縋《すが》るような目で弓弦を見つめた。

「……今夜だけでいい」

空気が揺《ゆ》れるような低い音はそれだけで蠱惑《こわく》的で、咄嗟《とっさ》に腰が引けた。

「な、にが」

「触《さわ》りたい。お前に、弓弦に、一度でいいから触れたい」

熱に浮かされたような声に、弓弦は身を竦《すく》ませた。

男から、こんな風にかき口説かれたことは今まで一度もない。

——いや、女性にだってないし、俺だってこんな風には……。

真剣に熱っぽく告白をされて、二の句が継《つ》げなくなってしまう。

一度だけだと言われてはいそうですか、と頷《うなず》けるはずがない。

そう言いたかったし、そう思っていたけれど、向けられた目が、かつて自分の後ろについて回ったころの少年と同じ目をしているようで、突《つ》っぱねるのが躊躇《ためら》われた。

男とどうにかなる趣味《しゅみ》はないと思っていたけれど、紛《まぎ》れもなく自分の初恋は龍鳳だったのだなと自覚した。

「龍鳳、待ってくれ。……なあ、ちょっと待てよ」

自分でもなにが言いたいかわからなくて、惑乱《わくらん》したままに待てと繰《く》り返す。そんなことを言っている間に突き飛ばして逃げればよいのに、縋るような目で見られて、ただ言い訳をしなければという気持ちになった。

「お前、本気で」

「――好きだ」

遮《さえぎ》るように、告白を重ねられて言葉に詰《つ》まる。腰と肩《かた》を押さえつけるような形で抱きしめられ、そのまま畳《たたみ》に横たえられてしまった。

自分よりも大柄《おおがら》な男に、しかも従兄《いとこ》に、こんな形で見下ろされるのは初めてで、弓弦は言葉を失う。

己の心臓はうるさいくらい大きな音を立てていて、呼吸もままならない。

「弓弦。好きだ」

「りゅ、」

「ずっと……ずっと、子供のころから、お前のことが好きだった」

「龍鳳、待っ……」

かき口説く言葉は拙《つたな》いくらいなのに、思いのほか荒々《あらあら》しく襟《えり》の合わせを乱された。肌が粟立《あわだ》ったのは、外気に触れたせいか、それとも別の理由なのか、自分でも判然としない。

肋骨《ろっこつ》の上の、皮膚《ひふ》の薄《うす》い部分を掌で撫《な》でられて、反射的に身を竦めた。

「弓弦」

「ちょ、待っ」

「触るだけにするから。……弓弦、触るだけ、だから」

だけってなんだ、と言い返したいが、弓弦の返事を聞かないうちから、龍鳳の掌が素肌に触れてきた。

困惑《こんわく》と緊張《きんちょう》で体が冷えているのを、溶《と》かそうとせんばかりに熱い手が辿《たど》っていく。体の輪郭《りんかく》を確かめるように触れる手は、認めたくないが心地《ここち》よさを感じさせた。

「弓弦」

名を呼びながら、龍鳳の顔がそっと近づいてくる。

キスをされるのだろうか、と反射的に目を閉じたが、龍鳳の唇《くちびる》はいつまでたっても降りてこなかった。そっと瞼《まぶた》を開くと、親指の腹で唇を撫でられた。なんだか大事な部分を避《さ》けるように指が辿るのに違和感《いわかん》を覚える。

ふに、と唇の感触を確かめるように動いていた親指を、口の中に入れられた。大事な指を噛《か》まないようにするのが怖《こわ》くて反射的に口を開いてしまうと、さらに深く差し込まれる。

「……っ」

舌を押される感触が、若干《じやっかん》気持ち悪い。涙目《なみだ》になって龍鳳の手を押さえるのに、男の指は制止をものともせずに無遠慮《ぶえんりょ》に口の中を行き来する。中途半端《ちゅうとはんぱ》に口を開けているせいか、飲みきれなかった唾液《だえき》が頬《ほお》を伝うのも情けなく恥《は》ずかしい。

どこか熱に浮かされたような龍鳳にそんな顔を観察されて、いたたまれない気分を味わった。

「……弓弦」

顔を上向かされて、指を引き抜《ぬ》かれる。再び顔を近づけられて、反射的に目を閉じると、顎《あご》を舐《な》められた。

キスでもされるかと思ったのに、やはり唇を避けられる。

「も、やめろ」

戸惑《とまど》いながら龍鳳を押し返した両手をつかまれ、首筋にキスをされた。

頸動脈《けいどうみやく》のあたりを唇で愛撫《あいぶ》しながら、「好きだ」と呟《つぶや》かれる。皮膚をわたって振動《しんどう》した声に、腰のあたりが疼《うず》いた。

「弓弦……」

先程《さきほど》襟を乱された胸元《むなもと》に向かって、龍鳳の唇が下りていく。

今度こそ全部剝《は》ぎ取られるかと身構えたが、龍鳳はそれ以上は襟を乱しもしないで、むき出しだった部分に唇を寄せる。

そんなところになにもない、と思うが、声が出ない。

胸の真ん中、みぞおちのあたりにキスをしながら、龍鳳の手が衣服の上から触れてくる。

「ん、っ」

布越《ご》しに、人差し指と中指で胸の突起《とっき》を弄《いじ》られる。直接触れられていないとはいえ、恥ずかしいことに変わりはなくて、弓弦は息を飲む。

豊満なバストがないのに、執拗《しつよう》に弄られる、という状況が恥ずかしい。

「あ、っ」

服の上から胸の突起を押しつぶされて、弓弦はびくんと体をこわばらせた。そんなところを弄られるのは初めてで、違和感ばかりがある。けれど、しつこくそこを押しつぶしたり転がされたりしているうちに、下肢《かし》に熱がたまっていくのがわかった。

嫌悪感《けんおかん》ではなく粟立つ肌《はだ》に、惑乱して息が荒《あら》くなる。

そんな動揺《どうよう》を知ってか知らずか、龍鳳はそこを捏《こ》ねながら弓弦の薄い胸元に音を立ててキスをしていった。

徐々《じょじょ》に唇が横へずれていくので襟が広げられ、さらに胸元を露《あら》わにされる。先程まで指で弄られていた場所に息がかかり、体が震《ふる》えた。

舐められたり、吸われたりしたらどうしよう、と思っているのは本当なのに、体がまるで期待するように熱くなる。

「あっ……」

けれど、龍鳳の唇は乳暈《にゅううん》の際で止まった。その周りの薄い皮膚を、一際《ひときわ》強く吸われる。

「んっ……く」

焦《じ》らすな、と言いかけて、唇を噛んだ。まるで期待していたような自分の思考に、狼狽《うろた》えて泣きそうになる。

唇はそこをそれ以上しつこくいじることはなく、中央のほうへ戻《もど》っていった。

──なんだよ、なに？　なにがしたいわけ？

狼狽《ろうばい》する弓弦を置き去りに、いっそちゃんと触ってくれと頼《たの》みたくなるような触り方をする。脱《ぬ》がせないし、乱さない。龍鳳は、肝心《かんじん》なところには触《ふ》れてこない。

そのくせ、弓弦の感じる場所を探すように、細かく念入りに愛撫を施《ほどこ》すのだ。手首の皮膚を擦《さす》られたくらいで肌がざわつくなんて、二十六年間生きてきて一度も知らなかった。

恭《うやうや》しく弓弦の手を取り、手の甲《こう》にキスを落とす。男同士だというのに、それが様になっているように見えて、顔が茹《ゆ》であがったように熱くなる。

「りゅ、龍鳳」

呼ぶ声は、自分でも驚《おどろ》くくらいに頼《たよ》りない。龍鳳は「ん」と返しながら、形のいい唇から舌をのぞかせた。

それから、弓弦の指を一本ずつ、丁寧《ていねい》に舐《ねぶ》っていく。関節の、薄い皮膚の上に歯を立てられ、指の股《また》を舐められて、腕《うで》から覚えのない感覚が毒のように回った。

無抵抗《むていこう》どころか、ねだるような息を漏《も》らさないようにするだけで、弓弦は必死だ。

「……ぁ……っ」

見ていられなくて目を閉じると、今度は熱く滑《ぬめ》った舌が指先に触れる感触《かんしょく》をやけにリアルに感じてしまって、落ち着かない。なんだか必要以上にいやらしいことをされている気分になるのだ。

いつまでするのだろうと泣きそうになっていると、龍鳳は弓弦の手から離《はな》れて、体を下にずらす。

それから、膝《ひざ》を掬《すく》うようにして、弓弦の足を軽く開かせた。

「ちょ、……っ」

帯は解《ほど》かれずに、開《はだ》けた裾《すそ》から剝《む》き出しになった内腿《うちもも》を吸われて、弓弦の体が無意識に跳《は》ねる。

喉《のど》から少しだけこぼれた嬌声《きょうせい》に、龍鳳がそこを重点的に責めたのがわかった。膝裏、脹脛《ふくらはぎ》にキスをして、踝《くるぶし》、足の甲へと愛撫が下りていく。その唇の流れに、弓弦は声を上げそうになった。

そして、先程手指を咥《くわ》えたときのように、足の指を食《は》まれる。

「やめ、龍鳳っ」

風呂《ふろ》に入ったとはいえ、そんなところ汚《きたな》いに決まっている。けれど、龍鳳はまるで聞こえていないように弓弦の訴《うった》えを黙殺《もくさつ》した。

足の甲に数度キスをして、親指に歯を立てられる。

「っ――……！」

悲鳴にならない声を上げた口を、弓弦は咄嗟《とっさ》に手の甲で押さえた。

跪《ひざまず》くような格好を、嫌《きら》っていたはずの弓弦に晒《さら》す龍鳳の姿に、目がちかちかした。

後ろめたい気持ちが背徳的な思いに変わり、頭が混乱してくる。やめろ、と声を上げたつもりが、情けない、甘えるような声を鼻から漏らしただけだった。

「……っ」

口を塞《ふさ》ぎながら頭《かぶり》を振《ふ》ると、足元でふっと笑う気配がする。

半泣きになりながら見やった先には、口元を拭《ぬぐ》いながら、やけにぎらついた目の男がいて息を飲んだ。

初恋にも似た感情を抱《いだ》いた少年の面影《おもかげ》はなく、今までの意地悪な従兄《いとこ》でもない龍鳳に、弓弦は「怖《こわ》い」と思ってしまう。

怯《ひる》んだ弓弦は反射的に身を隠《かく》そうと俯《うつぶ》せになる。そのまま逃《に》げようとしたのを許さずに、龍鳳が伸《の》し掛《か》かってきた。

「弓弦」

ささやかれて、びくりと体が強張《こわば》る。剝きだしになっていた肩《かた》をきつく吸いながら、龍鳳は弓弦の下肢に手を伸ばした。

「ちょ、やめ」

下着を少しずり下ろされ、すでに兆《きざ》しはじめていたらしいそこに直接触《さわ》られる。ぬる、と滑《すべ》った掌《てのひら》の感触に、死にたくなるほどの羞恥《しゅうち》を覚えた。

「や……！」

大きな掌に包まれてすぐに熱く硬《かた》くなる。今までの焦らすような愛撫に体を熱くさせられていたのを、改めて自覚させられるようでいたたまれない。

「弓弦。じっとしてろ」

「っ、ふぁ……」

口の中に、また男の指がぐっと押し込まれる。今度は親指ではなく、人差し指と中指に舌を摘《つ》まれ、口蓋《こうがい》を擦られて、項《うなじ》の産毛《うぶげ》が逆立った。

「あ、ぁ」

男の手を自分の唾液《だえき》が伝う。ぽた、と畳《たたみ》に落ちる音がやけに耳に付いた。

上と下、両方を蹂躙《じゅうりん》されて、涙《なみだ》が滲《にじ》んだ。頭がぼんやりとしてきて、堪《こら》えるのが難しくなっ

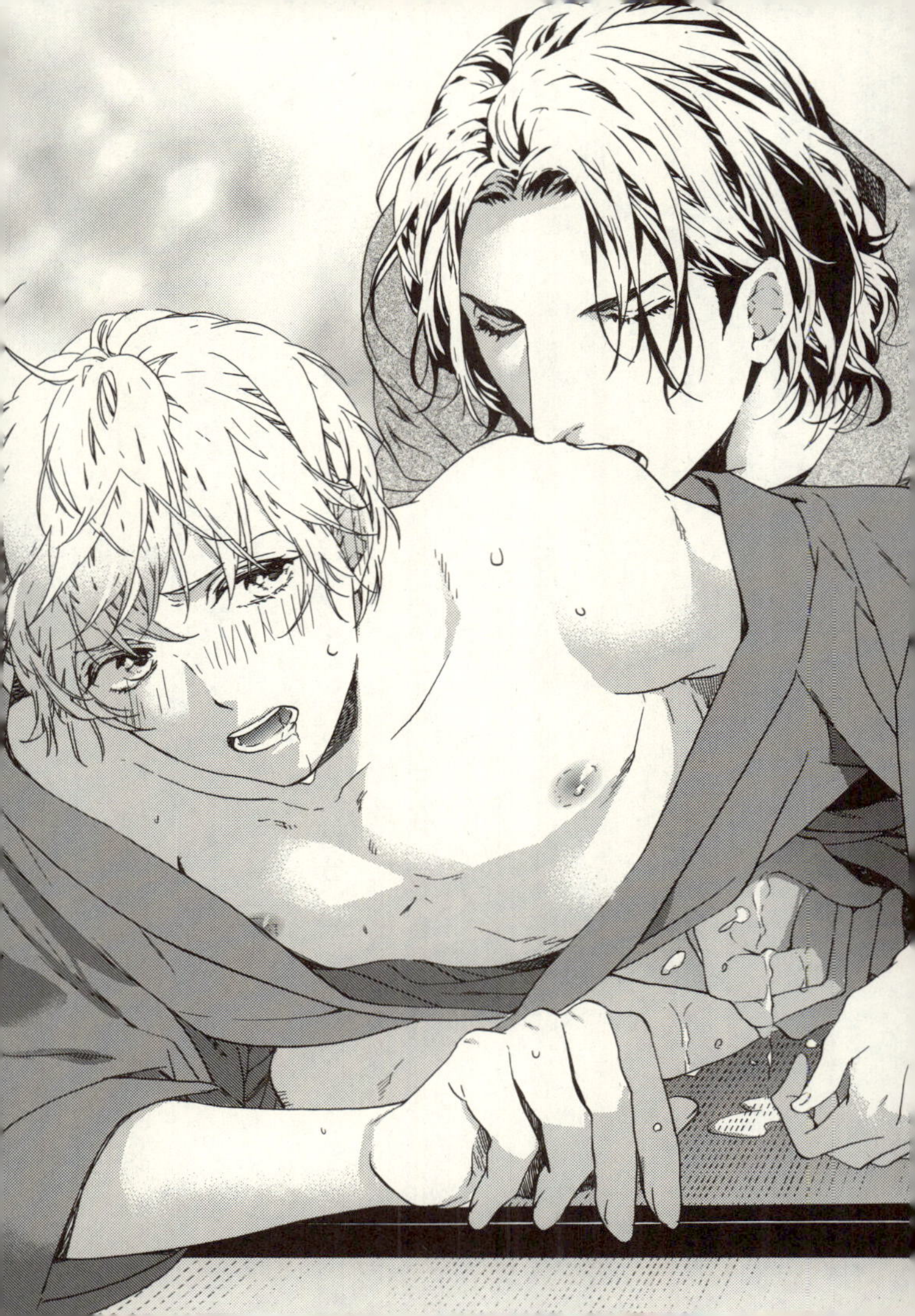

てくる。

「あ……」

すぐに覚えのある感覚が湧《わ》き上がってきて、嬌声を堪えたいのに声が漏れる。

「あっ、あ……ぅん……っ」

「弓弦、弓弦」

弓弦に愛撫を施しながら、ここ数年呼ばれることのなかった名前を、龍鳳は幾度《いくど》も呼ぶ。そして、繰《く》り返し、好きだと言った。口を塞がれていたのもあり、弓弦は言葉を返せない。

口から指が引き抜《ぬ》かれ、自然と零《こぼ》れた嬌声を龍鳳の大きな掌が塞いだ。息苦しくて、涙が出てくる。

「ん……っ……！」

口を覆《おお》われ、下肢をもみくちゃにされて、龍鳳の腕に縋《すが》りながらあっという間に弓弦は達した。

びく、びく、と断続的に震える体を、龍鳳に抱《だ》き込まれる。

ようやく快楽の波が過ぎたころ、掌に飲み込まれた悲鳴を揶揄《からか》うように、龍鳳の指が唇《くちびる》を撫《な》でてきた。

いつの間にか龍鳳の袖《そで》をつかんでいた手が、畳にぱたりと落ちる。

――終わった……？

震える腰《こし》をつかまれ、仰向《あおむ》けに返される。弓弦の顔の横に左手をつき、見下ろす男の右手は、先程《さきほど》弓弦が出した体液で汚《よご》れていた。

早く拭《ふ》け、と言おうとした矢先、龍鳳は汚れた己《おのれ》の手指に舌を這《は》わせた。

「な……にして」

赤い舌が、やけに鮮烈《せんれつ》に視界に焼き付く。それが、弓弦の出した白い体液を、味わうように舐るのを目《ま》の当たりにして、くらりと眩暈《めまい》がした。

「待て、龍鳳、そんなの駄目《だめ》だって……」

こんなのおかしい、待て、と何度も繰り返していた自分も、おかしくなっていたのかもしれないと弓弦は思う。

龍鳳は、混乱している弓弦の下肢に、もう一度手を伸ばした。

「……っ、あ！」

一度熱を放った場所を揉《も》みこまれ、扱《しご》かれると、再び弓弦のものが兆しはじめてくる。

龍鳳は呆然《ぼうぜん》としている弓弦の下着を剥《は》ぎ取り、足を開かせた。なにをされるのか、ぼんやりした頭では判然とせず、反応が遅《おく》れてしまう。

――息が、熱い。

太腿《ふともも》の内側に、龍鳳の息が触れる気配がした。その熱さに、唇がわななく。

「りゅうほ……？」

肌《はだ》に食い込むくらい強くつかまれて、その痛みに体が震《ふる》えた。

「……っ」

ちゅ、と音を立てて肌を吸われる。内腿に押しあてられた唇は、徐々《じょじょ》にある場所へと下りて行った。

なにをされるのかわかって、ようやく意識が覚醒《かくせい》する。

「ちょ、待て、龍鳳！　待って！」

慌《あわ》てて龍鳳の頭を押さえるが、制止も空《むな》しく、ぐぐ、と顔が寄せられる。

「やめ、や、あ」

駄目、と叫《さけ》んだはずの声は、自身が発した嬌声にすっかりと塗《ぬ》り替《か》えられてしまう。

あっさりと、もしかしたら自身の最短記録で二度目の絶頂を迎《むか》えたとき、弓弦の意識はふっと遠のいた。


「ひっでえ顔だな。どうした？」

翌朝、朝食を誘《さそ》いに来た伊吹に開口一番問われて、慌てて顔を擦《こす》った。

てしまう。

それほど普段《ふだん》と違《ちが》うつもりはなかったが、妙《みよう》な後ろめたさを覚えてしまって、ひどく動揺《どうよう》し
「……いや、寝《ね》つきが悪くて」

寝るのが遅《おそ》かったせいか、顔色がよくないのかもしれないと笑ってごまかすと、伊吹は特に気にした様子もなく、ふうん、と相槌《あいづち》を打った。

「あー、でもこの家静かだもんなぁ。静かすぎて寝にくいときってあるよな」

「そうそう」

他愛のないことを言いながら、二人で並んで大広間へ向かう。

昨日となにも変わったところはないはずなのに、決して仲のよくなかった相手とあんなことになってしまったためか、もしかしたら変な空気でも醸《かも》し出しているのかと不安になる。そんなはずないと思う頭がある一方で、目ざとい人には気づかれるかもしれないと戦々恐々《せんせんきようきよう》としながら、弓弦は浴衣《ゆかた》の襟《えり》を正した。

「……っ」

刹那《せつな》、ぴりっと引っかかれたような痛みが首筋に走って、弓弦は顔を顰《しか》める。なんだ、と手を伸ばして項に触《ふ》れ、ふと昨晩の記憶《きおく》が蘇《よみがえ》った。

龍鳳の唇に、歯に、爪《つめ》によって残された痕《あと》に、かっと頬《ほお》が熱くなる。

「なに？」

「……や、なんでもない」

顔に笑《え》みを張り付けながら、首を撫でた。

あの男は昨晩、どこにどれくらいの痕跡《こんせき》を残したのだろう、と冷や汗《あせ》をかく。

今朝目が覚めると、布団《ふとん》の中に龍鳳の姿はなかった。すっかりと乱れた浴衣を着せなおしてくれていたらしく、汚れもきれいに払拭《ふっしょく》されていた。

龍鳳はあれ以上、弓弦になにもしなかったらしい。意識がほとんどなかったからかもしれないが、もしあれ以上のことをされたら本当に泣き喚《わめ》いていたかもしれない。

時計を見るとまだ早い時間だったので、弓弦はそのまま誰《だれ》にも見つからないようにあてがわれた本宅の客間に戻《もど》ってのろのろと着替《きが》えを済ませたのだ。

昨夜の出来事はいったい、なんだったのか。

夢かと思うには、龍鳳の感覚が体のそこかしこに残っていて現実逃避《とうひ》をすることができない。好きだった曾祖《そうそ》父《ふ》の部屋で一体なにを、と後悔《こうかい》の念も湧《わ》いてくる。

伊吹の後に続いて大広間に入ると、龍鳳はまだ来ていないようでほっとした。

龍鳳が座るはずの席から一番遠い、対角の席に腰を下ろす。

「あれ？　そこに座るのか？」

「……席は決まってないんだから、いいだろ。たまには一番端《はじ》っこでも」

「まあ、そりゃそうだけど」

そう言って、伊吹は弓弦の横に座る。一枚壁《かべ》ができたようでほっとした。弓弦より早く離《はな》れを出たのに、一体龍鳳はどこにいったのだろうか、と思いながら箸《はし》を取ると、龍鳳が大広間へ入ってきた。

つい固まってしまった弓弦と違い、龍鳳はいつも通りの澄《す》ました顔をして目の前を通り過ぎ、こちらを見ようともしない。

落ち着かない気分で味噌汁《みそしる》を啜《すす》り、弓弦はちらりと様子をうかがってみるが、やはり視線は交わらない。

結局、龍鳳は席を立つまで、一度も弓弦のほうを見ることはなかった。

昨夜、あれだけ弓弦の名前を呼んで、好きだと繰り返して、体を暴《あば》くように触れてきた痕跡など、微塵《みじん》も残っていない。

――いや、違うか。

けれど、いつもならどうしていたって合うはずの視線が一度も合わなかったことで、昨晩のことは事実なのだな、と確信してしまう。やはりどこか、不自然なのだ。

「……なあ、伊吹」

「んー？」

「……寝た相手が、次の日何事もないっていうか、そのこと自体に触れようとしないときって、相手はどう思ってるんだと思う？」

朝食の席には相応《ふさわ》しくない話題かと思いつつ問いを投げると、伊吹は咀嚼《そしゃく》をしながら目を丸くしている。

「そりゃ、恥《は》ずかしいんじゃねえの？」

相手を女の子で想像した場合はそういうこともあるのかもしれないが、長身で同い年の男のことだ。

しかもこの場合、恥ずかしがるべき立場は自分のほうなのかと頭を悩《なや》ませる。

「いや、なんかそういうんじゃなくて……全くの他人行儀《たにんぎょうぎ》っていうか」

キスもしていないし、最後までいたしたわけではなかったが、悪ふざけや血縁《けつえん》同士でする接《せっ》触《しょく》を逸脱《いつだつ》した行為《こうい》だったはずだ。

昨日噛《か》まれた首筋がやけにちりちりと痛み出してきて、弓弦は首を擦《さす》る。

「目も合わせない、話しかけない、的な」

平素からその兆候はあったものの、なにか反応があってしかるべきではないのかと。

重ねた弓弦に、伊吹は首をひねる。

「やっぱりイメージと違った、とか？」

「イメージ……」

触《さわ》ってみたら、男だったから興が削《そ》がれた、ということだったのか。その割にはぐったりするまでされた気がする、と眉《まゆ》を寄せる。

「それか、一回こっきりでよかったから、それ以上関《かか》わる気ないとか？　一回やったくらいで彼氏気取りとかありえないんですけどうけるー、的な」

「……おい」

「もしくは、初めからなんらかの目的があったとか？」

冗談《じょうだん》交じりに投げられた言葉が一番信憑性《しんぴょうせい》がある気がして、硬直《こうちょく》する。

——そういえば、あいつ全然脱《ぬ》がなかったし……。

弓弦の浴衣をさんざん乱しておきながら、龍鳳は襟ひとつ着崩《きくず》さなかった。

けれど何度も名前を呼び、好きだと触れてくる昨日の様子が、全くの嘘《うそ》だとは思えなかった。

伊達《だて》や酔狂《すいきょう》であんなことを出来るはずがないし、なにより触れる肌や声の熱っぽさは、演技ではなかったように思う。

「ま、本気で好きなら本人に訊《き》いてみれば？　そうじゃないなら、一回美味《おい》しい思いをしたとでも思って」

——誰が誰を好きだって⁉　美味しい思いなんてするか！

そんなことを伊吹に言えるはずもなく、弓弦は無言で箸を思い切り握りしめた。

初めのうちこそ動揺し、不安になってもいた弓弦だったが、昼を回るころには「なんであいつのことなんかで」という怒《いか》りがふつふつと湧《わ》いてきた。

今まで嫌《いや》なことを言う男だったが、今回のことが冗談やなにかだったら本当に性質が悪い。もしそうではないというのだったら、真意が知りたい。

羽織袴《はおりはかま》に着替えた弓弦は、門下生が来る前にと龍鳳を捜《さが》した。

ほとんどおまけ扱《あつか》いの弓弦や伊吹と違い、本家跡《あと》取り候補の龍鳳は忙《せわ》しない。けれど、会合が終わるまで待っているのは相当なストレスだった。

座敷《ざしき》を一つ一つ開けて、「龍鳳知りませんか?」と声をかける。

目撃《もくげき》情報をもとに足取りを追っていくと、龍鳳はお手伝いの女性と茶室の前の廊下《ろうか》を歩いていた。その両手には大きな花器が抱《かか》えられている。

女性と話していたためか、龍鳳は弓弦が正面に立ちはだかって、ようやくその存在に気付いた。

「龍鳳、昨晩の――」

ことについてちょっと聞きたいことが、と口にするより先に、龍鳳の手がびくりと強張《こわば》った。

「あ」

そう発したのは、二人同じタイミングだったかもしれない。

透《す》かし彫《ぼ》りの花器は龍鳳の手から離れ、廊下へと垂直に落下した。

弓弦は咄嗟《とっさ》に手を伸《の》ばしたが間に合わず、数百万円と思《おぼ》しき花器はやけに甲高《かんだか》い音を立てて割れた。

「あーっ！」

慌《あわ》ててしゃがみこみ、破片《はへん》を拾う。粉々、とまではいかないまでも、接《つ》いでもきれいにはならない程度にはばらばらに割れてしまった。

龍鳳は、落としたときの姿勢のまま固まってしまっている。

陶器《とうき》の割れた音に、親族や門下生が顔色を変えてわらわらと集まってくる。

「おい龍鳳。破片飛んでるから動くな……痛っ」

拾い上げた破片で、うっかり指を切ってしまう。するとその声にやっと反応したのか、龍鳳がしゃがみこんで弓弦の手を掴《つか》んだ。

「もういい、お前も触るな」

注意しているそばから怪我《けが》をした弓弦に呆《あき》れているのだろうか、とうかがうと、真剣《しんけん》に心配しているような顔をしていて調子が狂《くる》う。

どんな顔をしていいかわからずにいる弓弦に、龍鳳が表情を曇《くも》らせた。

「俺の不注意だ。すまない」

「え、いや、そんなことは……」

「藤井《ふじい》さん、すみません。ここの掃除《そうじ》をお願いできますか」

藤井と呼ばれた傍《かたわ》らの女性は、慌てて掃除用具を持ってきててきぱきと片づけをしてくれる。

そのときに絆創膏《ばんそうこう》をくれたが、何故《なぜ》か弓弦にではなく龍鳳に渡《わた》してしまったため、弓弦の指に龍鳳が絆創膏を巻くという事態になってしまった。

そのうちに家元である伯母《おば》がやってきて、微《かす》かに顔色を変える。

「花器を割ってしまったの？　あらやだ、弓弦くん怪我したの⁉」

「大丈夫《だいじょうぶ》です。でも結構派手に割れちゃって……」

「いいのいいの。形あるものはいつか壊《こわ》れるんだし」

お気に入りだったけど、と付け加えられて、他人事《ひとごと》だというのに焦《あせ》ってしまう。

「あの、ちなみにこれってお幾《いく》ら……」

「ん？　そうね……確か百五十万くらいだったかしらね」

けろりと返ってきた答えに、思わず「げ」と声を漏《も》らしてしまう。

本家にとっては「ちょっとお高い花器」でも、社会人四年目の弓弦にはローンを組ませてほしいくらいの価格だ。

——この場合、責任は俺にはない……はずだよな？

声をかけたのがきっかけかもしれないがそれだけで、別に驚《おどろ》かせるようなことはなにもしなかった。

このやりとりに、まだ呆然《ぼうぜん》としていた龍鳳がはっとして口を開く。

「申し訳ありません。割ったのは俺です。破片を拾ってくれた弓弦に、少し怪我をさせてしまいました」

やけに言いにくそうに「弓弦」と呼んだ龍鳳に、なんだか妙《みょう》な感じを覚えてしまったのは弓弦だけらしい。誰《だれ》もなにも言わないので、そのまま口を噤《つぐ》んだ。

伯母はぴっと背筋を伸ばして、目を丸くする。

「珍《めずら》しいわね。あなたがこんなミス」

「……すみません」

それほど、弓弦の登場に動揺《どうよう》したということだろう。

やはり、昨日の彼の態度は嘘ではなかったのだ、とこんなところで再確認《さいかくにん》してしまう。

「すぐに、替《か》えの花器を持ってきます」

「そうね。どれにするかは任せるわ」

今度は割らないようになさい、と冗談めかして言った母親に苦笑《くしょう》し、龍鳳は踵《きびす》を返した。

こちらを見ようともしなかった龍鳳の背中を見ながら、自分の出番があるまでやることはないので、いつものように庭に下りた。

中庭から母屋《おもや》を望むと、若い女性たちがぞろぞろとやってきているのが見て取れた。きらびやかなその女性たちが、先週来ていた面子《メンツ》と同じなのか、それとも新しく候補としてやってきた女性たちなのかは、弓弦にはわからない。

この中の誰かが、いずれ龍鳳と志納流を支えていくのだろう。

——……あいつ、昨日どういうつもりで、俺にあんなこと言ったんだよ。

ひらひらとたなびく袖《そで》を見つめながら、龍鳳が背負う跡継《あとつ》ぎの重責、流派を継いでいくことの意味を、弓弦は考える。

——あいつは、どんな思いで昨日あのことを俺に告げたんだろう。

たまたま弓弦に言い逃《のが》れできそうにない場面を見られて言ってしまったのかもしれないが。

苦笑しようとした頰《ほお》が、昨晩のことを思い返すとにわかに引きつる。

——沢山《たくさん》女の人が嫁《よめ》になりたいってここに来てんのに、あいつはなにをとち狂《くる》ってんだか……。あんなこと、可愛《かわい》い女の人とした方が楽しいに決まってるのに。

そう思うのは嘘《うそ》じゃないのに、顔が、笑うのを忘れたように強張って、弓弦は自分の顔の皮《ひ》膚《ふ》を引っ張った。

「おーい、なにしてんだ。そろそろ始まるぞ」

「ん……」

弓弦を見つけ、庭に下りてきた伊吹が怪訝《けげん》な顔をする。

「どした？　なんかあったか？」

「いや、別に……」

話も出来ないまま立ち去ってしまった男が、視界の端《はし》に映った。どうやら代わりの花器を見つけてきたらしい。

こちらに気づいていない様子で、いつもの落ち着き払《はら》った表情だ。それを見て、微かに胸を撫《な》で下ろす。

「そういえば、さっき龍鳳が花器割ったんだって？」

「あー……そうだな。一介《いっかい》のサラリーマンの俺には到底支《とうていし》払《はら》えない、たっかいやつな」

固まった龍鳳の顔を思い出して、覚えず苦笑する。

「あいつがそういうミスすんの珍しいな。お前ならともかく」

「俺だって小さいころならともかく、花器なんて割ったことねえよ」

「実は弓弦が割ったとか？」

「……もしそうだったら、なんであいつが俺なんか庇《かば》うんだよ」

万が一にもあり得ない。しかし、意外と伊吹以外にもそう思う輩《やから》が多いのかもしれない。冤《えん》罪《ざい》だ、と眉《まゆ》を寄せる。

「そういえば、龍鳳ってたまにそういう大ポカやらかすことあったよな」

「そうだったか？」

ほんの小さいころはともかく、記憶《きおく》の中の龍鳳はいつもしれっとした顔をして意地の悪いことを言い、そのくせ弓弦が言い返すのを躊躇《ためら》うくらい何事も完璧《かんぺき》にこなす。そういう男だ。

けれど伊吹は、弓弦の記憶の中の龍鳳を否定する。

「確かにいつもは完璧主義者みたいな顔してるけど、そうやって取り澄《す》ましてるくせにとんでもないミスやらかすから覚えてる。ほら、いつだったか……お前らがまだ小学生のころ、ふざけて四つ身着せられたことあったろ」

「あー……」

女児が生まれず、出番がなかった親・祖母世代の七五三の着物を、悪乗りで着させられたことがある。弓弦も龍鳳も抵抗《ていこう》したのだが、結局逆らいきれなかった。まだ、龍鳳と仲が良かったころだ。

「すげえ嫌《いや》だったのは覚えてる。七五三風の厚化粧《あつげしよう》までされて」

「そうそう。で、そんときに龍鳳、墨《すみ》かぶって着物真っ黒にしてさ」

「そうだっけ？」

「なんだ、覚えてねえの？　いつもやんちゃなお前じゃなくて、おとなしくてちゃんとしてた龍鳳のほうがやらかしたから、すげえインパクトあったのに」

曰《いわ》く、その姿のまま二人揃《そろ》って、書道、華道《かどう》、茶道《さどう》、と一通りやらされる予定だったらしい。だが、龍鳳は書道中に着物の裾《すそ》に墨を垂らし、慌《あわ》てた拍子《ひようし》に硯《すずり》をひっくり返して汚《よご》してしまい、結局弓弦だけが女装したまま一日を過ごす羽目になったとのことだ。

確かに、最初は龍鳳も四つ身を着ていたという記憶があるのだが、いつの間にか自分だけが女の子の格好をさせられたままだったような気がしていたのだ。けれどその経緯《いきさつ》を覚えていなかった。

「二人とも女の子にしか見えなかったよな。別室で着替《きが》えさせられたから、お前ら顔合わせてお互《たが》いびっくりしてて、それがすげえおかしくて」

「……うるさいな」

「あと、庭でかくれんぼしたまま行方《ゆくえ》不明になったときも」

「それは覚えてる。四阿《あずまや》の裏で寝《ね》ちゃったんだよ」

その件に関しては、「龍鳳がやらかしたポカ」ではないはずだ。どういうことかと訊《き》くより早く、伊吹が思い出し笑いをする。

「あれもさ、お前は寝こけてたけど、龍鳳は結構前に目が覚めてたみたいで。大人が必死に捜《さが》してるのに、声上げなかったんだよな」

「あー、かくれんぼだったから？」

「じゃなくて。お前が寝てるから起こすの忍《しの》びなかったんだと。で、弓弦が肩《かた》によっかかって寝てたから、次の日まで腕《うで》がしびれて稽古《けいこ》できなくて」

そのくだりも、まったく覚えがない。子供の記憶とはいえ、結構いい加減だ。

なんだか時間差で気まずい思いをしていると、伊吹が「あれ？」と首を傾《かし》げる。

「なんか龍鳳が間抜《まぬ》けなことするのって、弓弦絡《がら》みが多くねえか？」

「え」

「相性《あいしょう》悪いのかね、お前ら」

ははは、と笑い飛ばした伊吹に、弓弦は眉を寄せる。どうせ相性がいいと思ってはいなかったが、改めて人に指摘《してき》されると愉快《ゆかい》ではない。

澄ました顔で廊下《ろうか》を歩く男を、弓弦は睨《にら》みつけた。視線を感じたか、龍鳳がふとこちらを見やる。遠目ではあったが、目が合ったような気がした。

龍鳳はびくりと身をこわばらせ、再び花器を取り落としそうになる。

「うおお、危ねえ」

同じくその様子を見ていた伊吹の科白《せりふ》に、弓弦は首肯《しゅこう》する。

「なにやってんだ、あいつ。調子悪いのかな」

「……さあ」

「あ、また相性悪い弓弦のせいか」

冗談《じょうだん》めかした伊吹に、そうかもね、と力なく返す。

今度は割らずに済んだらしい龍鳳は、数秒ほど身をかがめて、また先程《さきほど》と同じように背筋を伸《の》ばして歩き出した。

けれど、その様子はいつもよりもぎこちない。どことなく顔も強張《こわば》っていて、それは昨日の夜みた彼の様子と重なった。

今までの付き合い方と、今朝の様子があまりにいつもどおりに見えたから、ずっと彼のことを疑っていた。

──もしかして、龍鳳は。

「龍鳳って、お前のこと気にしてんだなあ」

弓弦の思考を継ぐように言った伊吹に、瞠目《どうもく》する。まさか口に出してしまっていただろうかと内心焦《あせ》った。

「は……？　え？　なに？」

「いや、だから、さっきも思ったけど、龍鳳って昔からお前のことばっかり気にかけてるから。花器の件も庇《かば》ってもおかしくないかなって」

伊吹の科白に、一体なにを言ってるんだと当惑《とうわく》する。

「あの、俺、小さいときからこの年になるまで、あいつには結構いじめられてるような気がするんだけど」

それを自己申告《しんこく》するのもなんだか空《むな》しい。伊吹はその返答を受けて、頭を掻《か》いた。

「そうかもしれないけど、龍鳳って態度が誰《だれ》にでも一緒《いっしょ》というか素っ気ないやつだろ？」

「……そうかな？」

「そうだろ。その点、弓弦に対しては昔っから特別扱《あつか》いだし。意地が悪いったって、あれはまるっきり『好きな子をいじめる』ガキだったろ」

その指摘に、昨晩のことが蘇《よみがえ》って弓弦はうつむく。

男同士だからちょっと違《ちが》うかもしれないけど、と伊吹の笑う声が、やけに遠く聞こえた。

――……なに言ってんだよ。

あり得ない、と言ったつもりが、声にならなかった。

だったら、どうして逃《に》げる。どうして、なにもなかったみたいな態度をとるのか。

「俺、ちょっと頭冷やしてくる」

「え？　おい、どこ行くんだよ」

「庭」

庭のどこだ、と問う伊吹に応《こた》えず、弓弦は当てもなく庭を散策する。

近寄ってはいけない、と思うのに、足は龍鳳の住む離《はな》れのほうへ向かっていった。

――あれだ、犯罪者が現場に戻《もど》る心理……は違うか……。

気になってしょうがないから、怖《こわ》い場所にも近づいてしまう。そんな心理がわかるような気がして、今は龍鳳がいないとわかっている場所へとのろのろと向かう。

部屋の主《あるじ》が不在なのを知っているので、弓弦はまっすぐ縁側《えんがわ》に向かい、腰《こし》をかけた。

深々と嘆息《たんそく》し、じっと地面を見つめる。面白《おもしろ》いことなどなにもないのに、まったく退屈《たいくつ》など覚えず、時間がただただ流れていく。

どれくらいそうしていたのか、ぼんやりとしている弓弦の前にふと影《かげ》がさす。

顔を上げると、眼前に龍鳳が立っていた。どこか焦ったような表情で、目が合うなりまた逸《そ》らされる。

「……どこか、具合が悪いのか？」

顔を背《そむ》けたまま告げられた言葉に、首を傾げる。

「なんで。別に」

少々素っ気なく響《ひび》いた弓弦の返答に、龍鳳が表情を硬《かた》くする。漂《ただよ》う緊張感《きんちょうかん》に、そういえば昨日の夜から、二人きりになるのはこれが初めてだと気付いた。

訊きたいことは多々あったはずなのに、いざ顔を合わせるとなにを言ったらいいか、わからなくなってしまう。視線の行き場をなくして時計を見ると、既《すで》に昼を回っていた。

どうしたものかと思っていると、なにやら懐《ふところ》をがさがさと探《さぐ》る音がする。顔を上げると、龍鳳があんぱんを差し出していた。

——なぜあんぱん……。

どこから出してんだ、とか、お坊《ぼっ》ちゃんのこいつも庶民《しょみん》的なもの食べるんだ、とか言いたいことはあったが、つっこみどころを迷っている間に、龍鳳がずいとそれを差し出してくる。

「……なにこれ」

「食べる、か？」

昼飯時だし、確かに空腹ではあるのだが、それにしてもなぜ。

親切なのかどうなのかわからないが、どちらにせよ眼前の男がこうして歩み寄って来るのが珍《めずら》しくて逡巡《しゅんじゅん》してしまう。

「やるよ」

「あー……じゃあ、半分もらう」

「……半分?」

「お前、飯食った?」

弓弦が訊《き》くと、龍鳳は首を横に振った。

「そ。じゃあ半分こ」

少々子供っぽい言い回しだったか、と思いながらもそう提案すると、龍鳳はものすごく難しい顔をしながら、あんぱんの袋《ふくろ》を開けた。

それを適当に手で割ってくれたのだが、大きさに結構な差が出てしまった。

——こんなときになんて微妙《びみょう》な……。

とはいえ、ここは所有者たる龍鳳を立てて小さいほうに手を伸ばそうとすると、意外にも龍鳳は大きなほうを手渡《てわた》した。

「え……」

たかがあんぱん一つで、と自分でも思うのだが、あまりの龍鳳らしくなさに、弓弦は目を瞠《みは》る。

思わず凝視《ぎょうし》してしまうと、龍鳳がかっと耳を赤くした。

その反応を鑑《かんが》みるに、偶然《ぐうぜん》ではなく、意図的に弓弦に大きなほうを寄越《よこ》したのだと確信した。

ありがとうと言ったほうがいいのか、と迷っていると、龍鳳は頬《ほお》を染めたまま一度は渡《わた》してくれたあんぱんを取り上げ、小さいほうを弓弦の手に載《の》せる。

そして、大きなほうを口の中に押し込んでしまった。

――……こ、子供か。

世の中の、この男を「貴公子」と呼んでいる女性たちに現実を見せてやりたいところだ。おかしくて笑い出しそうになったが、なんとか堪《こら》えつつあんぱんをかじった。

パンを食べながら、ふとこれまでの龍鳳とのやりとりを思い返す。当時は自分も同い年で気が付かなかったが、今振《ふ》り返ってみると、やっていることは伊吹の言うとおり「好きな子へのいじわる」のようであった。

じっとその顔を見つめると、龍鳳はばつが悪そうに顔を逸らす。よくよく観察すれば、「意地悪をしてすっきりした」というより、「やってしまった……」と悔《く》やんでいるようにも見えてきた。

――そっか、あんまり嫌《いや》なことばっかされるから、俺もこいつの顔って今まであんまり見ないようにしてたのかも。

いつから、こんな表情をしていたのだろう。そういえば、昨晩もこの男の顔はあまり見ることができていなかったかもしれない。

無言で注視する弓弦に耐《た》え切れなくなったのか、龍鳳はじゃあ、と踵《きびす》を返そうとした。弓弦は、男の袴《はかま》を掴《つか》む。

「待てよ」

うるさい、とふり払《はら》われるかと思いきや、龍鳳は弓弦の言うとおりぴたりと足を止めた。

けれど、振り返ろうとしないので、つんつんと袴を引っ張る。

「なあ、龍鳳」

「……なんだ」

微《かす》かに、龍鳳の声が震《ふる》えた気がした。その声はまるで、緊張しているように聞こえる。

あり得ない、と苦笑《くしょう》した。

「お前、俺のことどうしたいの？」

「な……！」

やけに大きな声を出すので、弓弦のほうがびっくりしてしまう。見下ろす龍鳳は、唇《くちびる》を引き結び、なんとも形容しがたい顔だ。

本気で、眼前の男のことがわからない。

志納流の次期家元で、見た目も端整《たんせい》で男らしくて、嫁《よめ》も選びたい放題だというのに、好きだと言って男の弓弦に手を出した。

今まで散々いやがらせをしておいて、突然、今までずっと好きだったと昨晩のように口説く。

でも、今日はまともに目も合わせないし、言い訳のひとつもしない。こんな風に好意を垣間《かいま》見せるようなこともするけれど、嫁取りは続ける。

「俺は……」

眼前の龍鳳が、躊躇《ためら》いがちに口を開く。続く言葉を聞くのに緊張して、弓弦は目を逸《そ》らしてしまった。

「――弓弦！」

龍鳳が何事か言うより先に、声が割って入る。はっとして見やると、伊吹が手を振りながら歩いてきた。

「伊吹」

「どこ行ってたんだよー。片付かないから昼飯早く食えってさ」

「あ、うん」

話の腰《こし》が折《お》れてしまったけれど、伊吹がいれば続けるわけにはいかない。それでも話を振った手前、弓弦は龍鳳をうかがう。

その視線を追って、伊吹が目を丸くする。

「……なに？　今更《いまさら》仲良くなったの？」

そんなんじゃない、と返すと、伊吹が肩《かた》を組んできた。

「ていうか、龍鳳。お前のほうから言ってやってくんない？　あんまり弓弦を呼び出すのやめてやってくれって」

「……は？」

龍鳳が怪訝《けげん》そうに眉《まゆ》を顰《ひそ》める。

「だから、俺らと違《ちが》って弓弦は会社員なわけだ。休日返上で来てるんだよ。雪子叔母《ゆきこおば》さんは本家に呼び出されると断らない人だろ？　来たくもないのに強制参加させられてかわいそうじゃん」

確かにそうは言ったけれど、なんだか陰口《かげぐち》を叩《たた》いていたように聞こえてしまう気がする。

龍鳳は顔を曇《くも》らせたまま、そうなのか、と呟《つぶや》く。

「そうなの。お前に付き合って値踏《ねぶ》みされてる俺たちの身にもなれよー。お前の嫁取り、俺と弓弦には関係ないし」

伊吹にとっては何気ない言葉だったかもしれないが、龍鳳の表情が強張《こわば》るのがわかった。

龍鳳が誰《だれ》と結婚しようと関係ない、と弓弦が言ったようにも聞こえただろうか。

もう少しほかの言い方があったのではないか、と思うけれど、なんと言えばいいのかわからない。あんなことがあった後だから、余計に龍鳳を避《さ》けたがっているように聞こえるかもしれない。

龍鳳は弓弦を見て、視線を伏《ふ》せる。

「……そうなのか？」

「あー……休日は休みたいっていうのは本音かな」

今までは嫌《いや》な思いばかりするし、休日が潰《つぶ》れるのは歓迎《かんげい》しがたい事態だった。

「……もうここに来たくない、ということか」

なにもそこまでは言っていない。けれど傍《かたわ》らにいる伊吹を意識してしまって、どう答えればいいかと窮《きゅう》しているうちに龍鳳は「わかった」と呟いた。

そのあからさまに落胆《らくたん》した、と言わんばかりの様子に、罪悪感を覚えてしまう。

嫌味を何倍にも返すような男のくせに。会えば嫌なことしか言わなかったくせに、どうしてそんな顔をするのか。

「――じゃ、戻《もど》るか」

きりのいいタイミングを見計らったのか、伊吹が口を開いた。

組んでいた肩を外し、踵《きびす》を返した伊吹のあとに続く。

龍鳳は先程《さきほど》、弓弦の問いになんと答えようとしたのだろうか。確かめることはもうできないかもしれないと思いながら歩く。

「弓弦」

後ろから呼ばれて振り返る。先程の場所から動かない龍鳳が、こちらを見ていた。

「――嘘《うそ》じゃない」

その言葉が、どこにかかるかわからない。

なにが、と訊《き》けないまま、弓弦は母屋《おもや》のほうへ向きなおり、離《はな》れを後にした。

「よかったじゃん」

「え……？」

不意に話しかけられて、弓弦ははっとする。

「俺は一応志納流の世話になってるから無理だけど、お前はこれで、しばらく呼ばれずに済むだろ」

「え、ああ」

「なんだよ。嬉《うれ》しくないの？　迷惑《めいわく》そうだったくせに」

「いや、うん。嬉しいよ。やっと休日に休めるし」

それは嬉しいけれど、なんだか素直に喜べない自分がいる。話も途中《とちゅう》だったし、誤解もさせたような気がした。それを言い訳しなかったのは弓弦自身だったが。

去り際《ぎわ》の龍鳳の悲しげな表情を思い返し、落ち着かない気分にさせられた。


龍鳳と別れ際にした会話のせいか、翌週から、弓弦が呼び出されることはなくなった。

伊吹は相変わらず、本家通いを続けているらしい。

母はそのことを嘆《なげ》いていたけれど、今は結婚《けっこん》する気もない、と伝えていたし、その後顔を見せなくなった弓弦に本家の面々がどう思っているかは、弓弦にとってはどうでもいいことだ。

龍鳳と顔を合わせずに済むことも、少しだけほっとしている。

ただ、別れ際に龍鳳に憂《うれ》い顔を見せられたことが心に引っかかっているだけで。


左側に上司、右側を広報部の社員に挟《はさ》まれて、弓弦はテレビマンを名乗る饗庭《あいば》という男性から名刺《めいし》を受けとる。

饗庭は一見人のよさそうな小柄《こがら》な男だが、円い眼鏡の奥の細い目が笑っているように見えなくて、少々不審《ふしん》な印象だ。

その名前の横に夜中に放送している経済ドキュメンタリー番組名が入っており、弓弦は目を丸くした。

「ああ、拝見しております。家に帰る時間が遅《おそ》いので、自分としてはちょうどいい時間帯の番組というか」

「そうですか！　ありがとうございます！　それでですね、今度『若獅子《わかじし》たち』というテーマで、いろんな分野で活躍《かつやく》している男性をとりあげたいなと思いまして！　で、こちらのホテルには『男性ブライダルフラワーコーディネーター』がいるとうかがって、是非《ぜひ》ご出演いただきたく参りました！　男性で華道《かどう》の師範代《しはんだい》の腕《うで》をお持ちだなんて、まー、すごいですねえ！　僕なんて家内に花束一つ渡《わた》す気概《きがい》もありませんでねはははは！」

こちらが口をはさむ暇《ひま》なくやけに大きな声でまくしたてられて、内心苦笑しつつも、「とんでもございません」と笑顔《えがお》を返す。

既《すで》にこの依頼《いらい》を断れないことはわかっていた。ちらりと横を見ると、上司が「絶対に断るな」という目でこちらを睨《にら》むように微笑《ほほえ》むという器用な技《わざ》を見せている。

それほど人数が多い職種ではないが、今は不景気のあおりもあり結婚式自体を執《と》り行わないカップルも増えている。ホテルに限らずブライダル業界は起死回生を図《はか》ろうと必死なのだ。テレビの効果というのはいまだに大きく、宣伝するチャンスは逃《のが》せない。

既に、上司や広報から「絶対に引き受けなさい！」というお達しも来ているので、弓弦の選《せん》択肢《たくし》などないも同然だ。

饗庭は、先程《さきほど》弓弦の渡した名刺を眺《なが》めながら「ところで」と居住まいを正した。

「お花の心得のある志納さん、ということなんですけど、華道の志納流となにか関《かか》わりはあるんですか？」

それなりの下調べはしているのだろう。そこが気にならないはずはないか、と弓弦は首肯《しゅこう》する。

「ええ、現家元は伯母《おば》にあたります」

弓弦の回答に、饗庭はぱっと表情を明るくした。

「そうですか－！　やっぱり！　では、次期家元候補という志納龍鳳さんとは……」

ある程度予想はできていたとはいえ、龍鳳の名前を耳にして、少しだけ顔が強張《こわば》る。けれど、ホテルマンとして笑顔は崩《くず》さない。

こうして話題に出されるということは、やはりテレビ業界での知名度も、一般《いっぱん》の認知度《にんちど》も高い男なのだろう。

もう、一か月は顔を見ていない。

「龍鳳は従兄《いとこ》です」

答えた弓弦に、饗庭は先程と同じ芝居《しばい》がかった口調で「そうですか－！」と声を上げた。

ぺしり、と額を叩《たた》いて、饗庭が身を乗り出す。

「それでですね、こんなことをお願いするのが失礼だというのは先刻承知なんですけれど……できましたら龍鳳さんも、ご出演いただくというのは難しいでしょうか！」

「龍鳳を、ですか？」

問い返した弓弦に、饗庭は大きく頷《うなず》く。

「ええ、ええ！　できましたら、で構わないのですが、何卒《なにとぞ》お願いできたらと思いまして。あの、本当にできましたらでいいのですが、打診《だしん》していただけませんでしょうか！」

できましたら、と言いながらも「どうにかしてほしい」としか聞こえないお願いの仕方に、弓弦は圧倒《あっとう》されてしまう。

「それは……交渉《こうしょう》するだけなら構いませんが」

なぜ、依頼人ではなくこちらからするのだろうという疑問は湧《わ》いたが、深く突《つ》っ込まずにおく。

弓弦の返事を聞いて、饗庭は大袈裟《おおげさ》に喜んで見せた。

「ありがとうございます！　ではですね、また詳《くわ》しいことはご連絡《れんらく》させていただきますので、今日のところはこの辺で失礼いたします！」

「こちらこそ、よろしくお願いいたします」

深々と頭を下げると、饗庭はご機嫌《きげん》な様子で帰って行った。一行を見送って、応接室へ戻《もど》ると、上司の久喜《くき》に手招きされる。

「なんでしょう？」

「お前、志納流の御曹司《おんぞうし》と仲いいのか？　安請《やすう》け合いして大丈夫《だいじょうぶ》なのか」

先日変な別れかたをしてしまったので多少の気まずさはあるが、交渉するくらいなら問題ない。それに、龍鳳に直接言わずとも、家元である伯母に打診すればよいだけなのだから構うことはなかった。

「交渉するくらいなら別に……」

「バカ、交渉してダメでした、じゃ済まないんだぞ！」

「そういうもんなんですか……？」

曰《いわ》く、ホテルの宣伝込みだという話だったので、あまり不興を買いたくないのだそうだ。交渉次第《しだい》では、番組内できっちりとホテルを紹介《しょうかい》する時間もとってくれるのだという。時間帯にしては高視聴率《こうしちょうりつ》をキープしている番組なだけに、ホテル側としては外せない仕事なのだろう。

まさかそれほどの重責とは思いもよらず、弓弦は引いてしまう。

「……じゃあ、仕事帰りにちょっと電話してみます」

「仕事終わりと言わず、今すぐかけろ！　業務の一環《いっかん》だ」

そんな無茶《むちゃ》な、と思いつつも、弓弦は無理矢理《むりやり》廊下《ろうか》に出された。

伯母を通せば、よいも悪いも答えが返ってくるだろう。そう見越《みこ》して伯母の番号に電話をかける。

それなりに仲良くしている伊吹やほかの従兄たちと違《ちが》い、龍鳳の番号を弓弦は知らない。訊《き》きたいとも思わなかったし、訊かれることもなかった。それに、番号を知ったところで使う予定すらなかったからだ。

『はい、もしもし？』

「あ、伯母さん。ご無沙汰《ぶさた》してます。弓弦です」

『あら、先日はお疲《つか》れ様』

ここのところ呼び出されなかったのは龍鳳が手をまわしているからかもしれないが、一体なんと言ったのかはわからない。

どういう理由を告げたのかと思っていると、伯母が電話の向こうでふふと笑った。

『もう、いい人がいるならそう言ってくれれば、余計な世話焼かなかったのに』

やきもち焼かれなかった？　と楽しげに訊く伯母の声に、弓弦は首をひねる。

「いい人って」

『龍鳳から聞いたわよー。もう間に合ってるって。雪子さんも「是非うちの子も」なんて言うから――』

つまり龍鳳は、弓弦があの「お見合いの席」を辞退したのは、既に心に決めた人がいるから、というふうに説明したらしい。

特にそんな当てもないので伯母を欺《あざむ》くのは良心が痛んだが、間に合っているのは確かなので龍鳳の尻馬《しりうま》に乗っておく。

『あなたたち、そういうこと話す間柄《あいだがら》だったのねー。ちょっとびっくりしたわ、おばさん』

「ははは……」

そういうことを話す間柄ではないが、従兄弟《いとこ》としてのなにかは超《こ》えてしまった間柄のような気もして、笑って誤魔化《ごまか》す。

血縁者《けつえん》から見ても不仲に見える関係だったというのに、今更《いまさら》好きだというようなことを言われて信じることができないのは、別に弓弦がひねくれているからというわけではないのである。

「ええと、それより今日はちょっとお願いがあって」

『あら、なあに？』

テレビ出演をすることになったが、龍鳳も一緒《いっしょ》に出てほしいという依頼があったことを伝える。ほぼ業務命令なので断られたら少々困る、というのは濁《にご》すと、伯母は『あらぁ』と声を上げた。

『そうねえ……ちょっと龍鳳に訊いてみてくれる？』

「えっ」

親密さをにおわせる話をした後で、今更電話番号をしらない、とは言えない。

どうしたものかと逡巡《しゅんじゅん》していると、伯母はそのまま電話を龍鳳に回してくれた。

――あっぶねえ……けど、どう話せばいいんだ？

電話で龍鳳と話したことなどないので、なんだかいやに緊張《きんちょう》してしまう。しばらく待っていると、電話の向こうで『龍鳳、弓弦くんよー』と声がした。僅《わず》かな間のあと、がらがらがしゃん、となにかが倒《たお》れ、崩れる音が聞こえる。

一体何事かと目を剝いていると、静寂《せいじゃく》の後に『はい』と低い声が返った。

「あ、龍鳳。あの、俺……弓弦だけど」

『……なにか用か』

数十秒前の騒音《そうおん》から察するに、なにか取り込み中だったのかもしれない。またかけ直すのには少々覚悟《かくご》がいるので、早いところ切り上げてしまったほうがいい。

「あの、実は」

事のあらましを説明すると、少しの間の後、意外にもすぐ『いいぞ』という言葉が戻ってきた。

「え！ 本当か？」

まさか快諾《かいだく》してもらえるとは思わず訊ねてしまう。

『……本当か、ってどういう意味だ』

嫌味《いやみ》の一つでも言って断られるかと思っていた。それに、この間のことがあったので、正直なところ是《ぜ》とは言ってもらえないだろうと。

「まあその、ほぼ断られるかなーと思ってた」

『……断ってもいいんだぞ』

それは困る、と即答《そくとう》すると、電話の向こうでふっと笑う気配がした。

『どうしてもって言うなら、引き受けてやらんこともない』

居丈高《いたけだか》な科白《せりふ》だが、冗談《じょうだん》を言うような声音《こわね》だったので腹も立たず、弓弦も苦笑《くしょう》しつつ素直《すなお》に頭を下げた。

「どうしても、お願いします」

『そこまで弓弦が言うなら、承知した』

了承《りょうしょう》の言葉が、いやに優《やさ》しく響《ひび》いた気がして、どきりとする。無言になった弓弦に、龍鳳がどうしたと訊いてきた。

「あ、うん。ええと、助かる。ありがとう」

『どういたしまして』

「ええとじゃあ、詳しいことはまた連絡する。こっちからか、テレビ局のほうからかはわかんないけど……」

『待て。俺の連絡先しらないだろ？　この後、俺のほうからメール入れておくから』

「あ、ありがとう。じゃあ、また」

電話を切って、弓弦は応接室へ戻る。久喜が、恐《おそ》る恐るというようにうかがってくる。

「どうだった？」

「大丈夫です。出てくれるって」

「よかった！　じゃあ饗庭さんのほうには俺から連絡《れんらく》しておく。もう仕事戻《もど》っていいぞ」

はい、と返事をして再び応接室を出て業務に戻る。

携帯電話《けいたいでんわ》にメールの着信があったのに気付いたのは、終業後のことだった。先程《さきほど》宣言した通り、伯母《おば》から連絡先を訊いたらしい龍鳳からで、時間を見るとつい一時間前に来たらしい。あちらも仕事で忙《いそが》しかったのだろう。

件名はなく、本文もメールアドレスと電話番号、それと「龍鳳」という名前だけの素っ気ないメールだ。しかし、名前のあとに、何故《なぜ》かくらげのような宇宙人の絵文字が付与《ふよ》されている。

——なぜ火星人。

気に入ってるのか、と思いつつアドレスと番号を登録して、弓弦も返信する。

「……なんか、龍鳳の連絡先を知ってるって状況《じょうきょう》が不思議だ」

個人的な用事もないし、会う機会も多い従兄の番号など、殆《ほとん》ど訊く気にならなかったというのが本音だ。

それに、つい先日まで、龍鳳の連絡先だけは絶対に自分の携帯電話に登録されることなどないと思っていた。

志納龍鳳、という堅苦《かたくる》しい字面《じづら》が連絡先に並ぶのを見て、なんだか変な気持ちになった。


龍鳳とテレビ局のスケジュールとの兼《か》ね合いで、撮影《さつえい》は打診《だしん》をした翌週の水曜日に行われることとなった。

撮影場所は、龍鳳の自宅応接間だ。スケジュールの都合で、弓弦と龍鳳を同日に撮影することとなり、龍鳳側からの希望で朝から、弓弦が同席する形で取材が始まる。一旦《いったん》弓弦とテレビクルーが落ちあい、弓弦の案内で本家へと向かった。

志納本家に到着《とうちゃく》すると、その門構えの大きさや、敷地《しきち》の広大さに思わず「でけえ」と漏《も》らされた声が聞こえた。

母屋《おもや》に向かって歩いていると、龍鳳が迎《むか》えに出ていた。よう、と弓弦が挨拶《あいさつ》するより先に、饗庭がどうもどうも、と言いながら走り寄っていく。

「この度《たび》はどうも、ありがとうございますー！」

やはり芝居《しばい》がかった口調で饗庭が言うと、龍鳳が静かに微笑《ほほえ》む。

「ご足労をおかけします」

「まさか龍鳳先生が取材を受けてくださるなんて、思いもしなかったので、感激です！　末代まで自慢《じまん》できますよ！」

「いえ、とんでもない。まだまだ未熟で」

「いえいえ！　どういう手を使った、なんて問いただされるくらいで！　いやあ、本当に貴重なお時間を頂きましてありがとうございます！」

大袈裟《おおげさ》なことを言う饗庭の科白に引っ掛《か》かりを覚えて、弓弦は首をひねる。

撮影の準備が始められて、弓弦はその前にと慌《あわ》てて龍鳳のもとへ行った。

「龍鳳！」

つんと着物の袖《そで》を引き、龍鳳の耳元に口を寄せる。

「お前、もしかして普段《ふだん》取材とか受けないの？」

身をかがめた龍鳳が、ふっと笑《え》みをこぼす。

「まあな。……最近はテレビ取材を受けないことが多いな」

曰《いわ》く、テレビを見て地域の志納流の教室へ来る人が増えるのはいいのだが、龍鳳に会えないと知るやすぐにやめてしまうらしい。そうなると、教室にいる講師の負担が大きくなるということで、龍鳳自ら取材に制限をかけているそうだ。

「それならそうと言ってくれたら……」

断れる案件だったかどうかはともかく、事情を考えれば少しは考えたのに。

悪いことをしたと悔《く》やむ弓弦に、龍鳳が口の端《はし》を上げる。

「じゃあ今から断るか」

「えっ！」

申し訳ない気持ちに嘘《うそ》はなかったが、今更《いまさら》断られるのも非常に困る。

慌てていると、龍鳳が意地悪そうな顔をした。

「冗談だ。……弓弦が困るんだろ。なら別に、一回くらい構わない」

そう言って、龍鳳は弓弦の頭をぽんと叩《たた》いた。

「龍鳳先生！　ちょっとよろしいですかー！」

「はい」

テレビクルーに呼ばれていってしまった男の背中を、ぽかんと見つめる。背《そむ》けた顔が一瞬《いっしゅん》赤く見えたのは気のせいだろうか。龍鳳の触《ふ》れた個所《かしょ》を、もう一度自分でぽんぽんと叩いてみる。今の言い方は、「弓弦の頼《たの》みだから引き受けた」という風に聞こえた。聞こえた、というより、まさにそういうことなのだろう。

——……前に「嘘じゃない」って言ったけど、あれって本気で俺のこと好きってことなのか。龍鳳。

どうして龍鳳の取材に弓弦も同行するのかと不思議だったが、少しでも一緒《いっしょ》にいるため、という理由からなのだろうか。

じゃあどうして、龍鳳はまだ結婚相手を集めているのだろう。

そんな弓弦の悩《なや》みとは裏腹に、龍鳳は落ち着いた様子でいつもの仕事をカメラの前でこなして見せ、時に台本通りに動き、インタビューまで受けていた。

落ち着きを取り戻したというよりは、弓弦が今まで見たこともないほど、別人のように穏《おだ》やかな紳士《しんし》ぶりだった。

「志納さん、弓弦さんのほう！　ちょっとこちらに来てもらっていいですか？」

「あ、はい」

プロデューサーに手招きをされ、和室に入る。龍鳳が活《い》けたばかりの作品の前に、龍鳳と並んで座らされた。

「最後、エンディングのときに流すので、お二人でにっこり笑ってもらっていいですか？」

「え、あ、はい」

写真をとるわけでもないのに、と思いつつ、素直《すなお》に笑顔を浮《う》かべる。ホテルで働いていれば、笑顔を張り付けているのは日常だ。

「さすが従兄弟《いとこ》。お顔と体形は違《ちが》いますけど、どことなく雰囲気《ふんいき》似てますね？」

「そうですか？」

プロデューサーが言うのに、つい答えてしまう。しゃべっちゃまずかったか、と慌てていると、そのまま編集して使うのでなにか雑談してください、と無茶《むちゃ》なことを言われた。

──雑談たって……。

顔を見合わせて、共通の会話がないことに気が付いてしまう。

ああ、そういえば、と弓弦は口を開いた。

「……お前撮影慣れしてんのな。さすが次期家元様は格が違うわ。俺、もはやこの撮影だけで疲《つか》れそう」

この後自分が仕事をしている姿を撮られるのだと思うと、今から緊張《きんちょう》してしまう。

「いつも通りにしてればいい。それに、カメラを向けられても花に集中していれば周りは気にならなくなる」

「それが簡単にできれば苦労しないっつうの」

簡単だろ、と嘯《うそぶ》く男に苦笑《くしょう》する。素地が違うのだ、素地が。

「……このあと、弓弦のほうも撮影するのか？」

「ああ、そうだね、ホテルに戻って」

ああ緊張する、と嘆《なげ》く弓弦に、龍鳳は思案するような素振《そぶ》りを見せる。

「——俺も見学したい。いいだろ？」

「はっ？」

急になにを言い出すのかと目を白黒させていると、龍鳳は弓弦にではなくプロデューサーのほうに視線を流した。

「いいですか？　邪魔《じゃま》にならないようにしますので」

当然、そちらが龍鳳の言うことを断るはずがない。

「ああ、もう全然オッケーですよ。龍鳳先生がお忙《いそが》しくなければ」

あっさりと許可を出したプロデューサーに、よかった、と龍鳳が微笑む。

自分のことなのに、どうして周囲が勝手に決めるのかと呆然《ぼうぜん》としていると、龍鳳は腕《うで》を組んでにやりと笑った。

「お手並み拝見と行こうか」

いつも通りにしてください、と龍鳳と同じく言われたが、いささか緊張してしまった。

それはテレビに映るから、というよりも龍鳳がじっとこちらを注視しているからだ。

ある程度台本があるので、一日の動きをずっと追う、というわけではない。実際の現場もとるが、「やっているふりをして」と言われて行った作業がいくつもある。

だから、なんとなく演技を見られている感じがして居心地《いごこち》が悪いのだ。

弓弦の場合は、花を扱《あつか》うといっても龍鳳とは趣《おもむき》が異なる。

新郎《しんろう》新婦と事前に打ち合わせてブーケやブートニアを作ったり、会場装花はもちろん、要望によっては生花でウェルカムドールを作ったりすることもある。そして花ではないが、最近はバルーンアートを作ることも増えた。

ゆったりと作ってはいられないので、チャペル、バンケット、受付とエントランス、披露宴《ひろうえん》会場の装花を、ドレスや時には客の要望に応《こた》えつつ作り上げていく。

最初のうちは思ったようにいかなかったり、バランスが悪く見栄《みば》えがしないこともあったりしたが、三年たってようやくこなれたところだろうか。

龍鳳が言った通り、集中しているときは殆《ほとん》どカメラも視線も気にならなかった。明日の披露宴で使うブーケを作っていると、明らかに携帯電話《けいたいでんわ》のものと思われるシャッター音が聞こえた。

「っ⁉」

驚《おどろ》いて顔を上げると、龍鳳が自分の携帯電話を構えて弓弦のほうを向いている。

ちょうどカメラが回っていないタイミングだったらしく、それを見咎《みとが》めるものは誰《だれ》もいない。

龍鳳はしれっとした顔をして携帯電話をしまうと、腕を組んでこちらの様子を見る。

なんのつもりだ、と思いながらも、弓弦は黙々《もくもく》と作業を続ける。その間にも一、二度シャッター音が聞こえたような気がする。

「——一旦休憩《いったんきゅうけい》入ります」

断りが入って、カメラが完全に外される。

これからホテル業務が慌《あわ》ただしくなるので、テレビクルーは一旦休憩に入るのだ。周囲が食事などで席を外す中、弓弦は龍鳳の姿を捜《さが》した。

一人だけ和装の龍鳳は、テレビクルーの中に交じっても目立っている。こちらに気づくと、ふいと目をそらした。

あの男がそれなりに感心するような仕事が、できていただろうか。

——華道家《かどう》として比べられる、って感じじゃなくてよかった。

小さなことで安堵《あんど》しつつ、弓弦はオフィス用のドリンクサーバーでお茶を淹《い》れ、部屋の端《はし》で佇《たたず》む龍鳳に歩み寄る。

「お茶飲むか?」

紙コップを差し出すと、龍鳳は首肯《しゅこう》して受け取った。弓弦も自分のものに口をつけ、一息つく。ふと、龍鳳の視線を感じて横を見ると、やけに真剣《しんけん》な眼差《まなざ》しをこちらに向けていた。

「今見せた作業、いつもお前が一人でやってるのか?」

「まあ、だいたいは。でも、同じ部署の人がほかにもいるから、全部が全部一人っていうんじゃないよ」

「そうか。……ブーケはよかったな。あれは、黄色と白のみで揃《そろ》えたのはわざとか?」

「あー、うん。本当はピンクとかオレンジとか入れたほうが派手になって締《し》まるんだけどね」

花束やブーケを作る際、黄色だけだと締まりがないので、ピンクや緑、せめてリボンに赤を使うなど差し色を入れたいところだ。けれど新婦の強い希望で、どうにか黄色でまとめてほしい、リボンにも赤系は入れたくない、という依頼《いらい》だった。

「いや、綺麗《きれい》だった。ほぼ一色なのに立体的で、豪華《ごうか》さもあって。……なにより新郎新婦への気持ちがこもってた」

「……ど、どうも」

突然《とつぜん》降ってきた龍鳳の褒《ほ》め言葉に、弓弦は視線を彷徨《さまよ》わせてしまう。なにより、「新郎新婦のため」ということを第一に考えていたので、見破られたようで面映《おもは》ゆい。

弓弦はコップの中身を一気に飲み干して、ごみ箱へ投げた。そうして、取材が休憩している間に仕事へと向かう。

「どこへ行くんだ？」

持ち場を離《はな》れようとした弓弦を龍鳳が呼び止める。振《ふ》り返って、弓弦は天井《てんじょう》を指さした。

「今から、VIPルームのお客様のお部屋に花を飾《かざ》りに」

「そんなことまでするのか？　ブライダルフラワーコーディネーターなのに」

「するよ。ていうか、『ブライダル』っていってるけど花全般《ぜんぱん》の管理は大体するし、花関係じゃないことも結構やるよ」

ブライダルフラワーコーディネーター、という肩書《かたが》きはついているが、基本的にはホテルマンなのだ。最初の研修期間は全部署の研修もしたし、今でも時折他部署の仕事をすることもある。

しかも、着付けができるということで、衣装のほうに駆《か》り出されることもあった。

「俺、ドアマンとベルボーイだってやったことあるし」

「……大変だな」

「そりゃあ、暇《ひま》ではないけど。でも、俺この仕事好きなんだ。……さっき龍鳳も言っていたけど、幸せそうな二人が、俺の花を見てもっと笑ってくれると、俺も幸せになる」

花がなくても、人は生きていけるかもしれない。けれど、ときに人の気持ちを代弁したり、思い出を飾ったり、彩《いろど》りを添《そ》える大事なものなのだ。

「一生のうちに何度もない大事な日を飾って、その門出《かどで》を祝える今の仕事が好きで、誇《ほこ》りを持ってる。誰かの『人生最良の日』の思い出に、俺の花があるんだ。それってすごいことだと思わねえ？」

子供のころに培《つちか》った華道の教えも活用し、いつも弓弦は全力投球だ。

「だから、この間、若い今がやめどきじゃない？　って親戚《しんせき》のおばさんに言われたとき、結構かちんと来てたんだけど」

龍鳳が庇《かば》ってくれたのだ。

あのときは、その後龍鳳に言われた言葉がひどくて憤慨《ふんがい》してしまったけれど。

今思えば、そのときから龍鳳が弓弦を気にかけてくれていたような気がする。

「あのときは、ありがとな」

「……いや」

素直《すなお》に礼を言ったのに、龍鳳は視線をそらしてしまった。

「なあ、なんでお前あのとき助け船出してくれたの？」

顔を覗《のぞ》き込むと、龍鳳の頬《ほお》が紅潮した。最近、この男が赤面しているのをよく見る気がする。

こんなキャラだったのかな、と笑いをこらえた。

「──よし、じゃあ俺は仕事に行ってくる」

「……それ、見学してもいいものなのか？」

「あ、うーん。どうだろう？　駄目《だめ》かも」

いくらまだ客が泊《と》まっていないからといって、部外者を入れるわけにはいかない。そういうと、龍鳳はあからさまに残念そうな顔をした。

笑いを噛《か》み殺しながら、そういえば、と弓弦は龍鳳の胸元《むなもと》を指さす。

「こういうところに着物だから、なんか目立ってるな。でも、なんか龍鳳っていつでもどこでも着物のイメージだ。昔から」

移動するときくらいは洋服ではないのかと笑うと、龍鳳が目を細める。

「俺も、弓弦のイメージはそうだった」

「そうか？　結構洋服だぞ、俺」

本家に呼ばれたときくらいしか、着物は着ていない。

そういえば、龍鳳とはそのとき以外、個人的に会うことがないので、お互《たが》いに常に着物を着て対峙《たいじ》していたかもしれない。

不意に、龍鳳が弓弦のタイに触《ふ》れた。

「着物より、お前はこういう服の方が似合ってる」

「……そうか？」

着物が似合わないと揶揄《やゆ》されているのか、素直に褒められているのかわからなくて、弓弦は眉《まゆ》を顰《ひそ》める。

けれど、ちょっと前にもこんなことがあったなと思い返す。先日、本家に呼び出されたときに、眼前の男に着物が似合っていないと言われたのだ。

あの着物は父の持ち物で、確かに自分でも似合ってないと思っていたけれど、面と向かって嘲笑《ちょうしょう》されて腹が立った。

「どうせ俺は和服が似合わないからね」

少々あてこするように言うと、龍鳳は片目を眇《すが》めた。

「別にそんなことはないだろう」

「だってこの間お前だって」

「弓弦には、もっと淡《あわ》い色が似合う」

きっぱりと断言されて、弓弦は口を噤《つぐ》む。

「髪《かみ》の色が明るい茶色だし、色も白いから濃《こ》い色は浮《う》くんだ。全体的に薄《うす》い色のほうが合ってる。丁子とか、薄色《うすいろ》とか、薄萌黄《うすもえぎ》とか。でも肌《はだ》が白いから、ベージュみたいな色はやめたほうがいい。全体的に淡い色彩《しきさい》のほうが」

「あ、あの、龍鳳？」

立て板に水、というように話し出した男に、弓弦は狼狽《うろた》える。肌が白い、と連呼するのはやめてほしい。

なんだか、普通《ふつう》に会話が成立しているのに、とてつもなく据《す》わりが悪い気がしてしまう。

言い方はともあれ、先日の科白《せりふ》もアドバイス的な意味合いが強かったのだろうか。それにしても、「濡《ぬ》れたのら犬」はない。

「女性じゃないから赤は難しいしな。……でも、なめらかで白い肌だから、きっと似合——」

「龍鳳！　俺、仕事あるから！　またあとで話そう！」

一体なんなんだ、と動揺《どうよう》しながら、弓弦は距離《きょり》を取る。熱に浮かされるように話していた龍鳳は、はっとして口を噤んだ。

これ以上ここにいたら何を言われるかわからない、と弓弦は龍鳳に背を向けて持ち場へ向かう。だが、背後から弓弦、と呼びかけられて足を止めた。

「スーツも、制服も似合ってる」

「……それは、どうも」

呼び止めてまで言うほどのこととは思えない言葉を口にして、龍鳳は元の披露宴《ひろうえん》会場へと戻《もど》っていく。弓弦は無表情のまま、ＶＩＰルームへと向かった。

ばたんとドアを閉めて、顔を擦《こす》る。なんだか、頬が火照《ほて》っているような気がした。

放送日が決まったらお知らせします、と告げて、テレビクルーは撤収《てっしゅう》していった。

今日はそれなりに時間が拘束《こうそく》されるため、初めから弓弦はシフトには入れられていなかった。一番は龍鳳がいたから、というのもあるが、上司から帰宅の許しがあっさりと出た。

とはいうものの、なんとなく二人そろって放《ほう》り出されたような感覚で、並んで外に出たはいいけれど、若干《じゃっかん》会話に困ってしまった。

歩きながらちらりと横を見ると、既《すで》にこちらを見ていたらしい龍鳳と目が合う。

「ええと……龍鳳はこのあとなにか予定あるのか？」

「え？　ああ、ないからまっすぐ帰るつもりだ」

その辺でタクシーでも拾って、とセレブな発言をする従兄《いとこ》に少々気後《きおく》れしつつ足を止める。

龍鳳は二、三歩進み、振り返った。

「どうした？」

「なあ、用事ないなら飲みにでも行かないか。今日のお礼もしたいし」

龍鳳は一瞬《いっしゅん》丸くした目を柔《やわ》らかく細め、首肯《しゅこう》した。

「どうしてもっていうなら」

「……おい」

何様だ、と告げると、龍鳳は冗談《じょうだん》だ、と肩《かた》を竦《すく》める。

「行く。いいのか？」

「いいぞー。ただし、俺は一介《いっかい》のサラリーマンだから、やっすいチェーン店しか行けないけどな」

お坊《ぼっ》ちゃんの感覚で行くような店では奢《おご》れない。そう言うと、龍鳳はふっと笑《え》みをこぼした。

「俺も、そんな店ばかり行ってるわけじゃない。それに別にそういう意味で訊《き》いたわけじゃない」

じゃあどういう意味だ？　と促《うなが》そうとして、口を噤んだ。

もし「弓弦と一緒《いっしょ》にいてもいいのか」という意味だと重ねられたら、リアクションに困ってしまう。けれど、訊かなくても言葉を続けようとしたのを悟《さと》って、弓弦は龍鳳を追い抜《ぬ》いた。

「よしじゃあ、そこの居酒屋に行こう」

「……わかった」

不自然に開いた間を質《ただ》さずに、弓弦は会社近くの居酒屋に龍鳳を連れて行く。週半ばで、まだ午後六時を過ぎたばかりのせいか、店内はそれほど混雑してはいなかった。

半個室に通されたので少々緊張《きんちょう》したが、平静を装って誤魔化《ごまか》す。とりあえずの生ビールと、肴《さかな》を少々注文し、「便所」と言って席を立った。

一旦《いったん》トイレに向かい、思い至って携帯電話《けいたいでんわ》を取りに戻る。開き戸を開けると、龍鳳は弓弦の席に何故《なぜ》か移動していて、ばっちりと目が合った。しかもその手には割り箸《ばし》が握《にぎ》られている。

「……早かったな」

「……それまだ使ってねえぞ」

使用前の箸袋《はしぶくろ》で意味があるのかというつもりで訊《たず》ねたのだが、「別に舐《な》めたのを戻そうと思ったわけじゃない」と弁解されて、そういう可能性もあるのかと頭痛がする。

龍鳳も気が付いたのか、「そんなことするつもりは本当になかった！」と言い訳したが、真《しん》偽《ぎ》はどうあれ、龍鳳の頭を叩《たた》いた。話せば話すほどイメージが変わる。根本的に変わりはないのだが、弓弦に関して。

「俺が便所に行ってるあいだ余計なことすんなよ。あとなんか注文しとけ」

「……わかった」

とっとと席に戻れ、と言って弓弦は再びトイレに向かう。

なんだか今日の龍鳳がやけに格好良くて緊張していたが、今のやりとりで気が抜けた。戻ってからも、少々疑わしげにする弓弦に、龍鳳が「まだなにもしてない」と不穏《ふおん》な申し開きをし始めたので、うるさいと一蹴《いっしゅう》する。

まさかこんな風に軽口をたたき合ったり、酒を飲んだりする日が来るとは、先月までは想像していなかった。少々龍鳳の変態的な部分が見えたのはいいか悪いかわからないが、嫌悪《けんお》は湧《わ》かない。

それから間もなく運ばれてきたビールで乾杯《かんぱい》した。

「お疲《つか》れ様。今日はありがとな」

メディアに出るのを控《ひか》えていたというから、本当はあまり歓迎《かんげい》できない事態だったはずなのに。

そう礼を言うと、龍鳳は顎《あご》を引いた。

「一つ貸しだからな」

「えっ！」

「俺の一回の講演費用知ってるか？」

マジか、と弓弦は動揺する。

一体なにで返せばいいのか、ここの支払《しはら》いでは賄《まかな》えない借りを作ってしまったか、と激しく動揺していると、ふっと龍鳳が吹《ふ》き出した。

「冗談だ。……うちとしても、いい露出《ろしゅつ》になった」

「……お前さ、なんでいちいちそういうこと言わないと会話できないんだよ！」

意地が悪い、と責めると、龍鳳はしれっとした顔をした。

それでも、鷹揚《おうよう》な態度の男に、なんだか落ち着かない思いをする。

昔だったら「面倒《めんどう》なことを引き受けてくれたもんだ」くらいの嫌味《いやみ》を言ったに違《ちが》いない。けれど、穏《おだ》やかな様子の龍鳳に、そわそわしてしまう。

「弓弦？」

あまりに妙《みょう》な表情を浮かべてしまったのか、龍鳳が怪訝《けげん》そうに名を呼ぶ。

その、「龍鳳に名前を呼ばれる」というのもまだ慣れない。

弓弦はなんとも言い難《がた》い気分になりながら、ビールを呷《あお》った。

プロデューサーの服のセンスや、思ったよりも短時間の撮影《さつえい》時間だった、という話や、先日もらったメールの、名前の後ろについていた火星人の絵文字はなんだ、という話を取り留めもなくしながら飲み会兼《けん》夕飯は思ったよりも穏《おだ》やかに進んだ。

絵文字については、なにもなしでは素っ気ないし、かといって星や音符《おんぷ》やキラキラもキャラじゃない、と悩《なや》みに悩んで龍鳳なりに選んだ「無難《ぶなん》な絵文字」だったらしい。ハートにするか小一時間悩んだ、という真顔の冗談《じょうだん》にはビールを吹き出しそうになってしまった。

それなりに食事も進み、だらだらと酒を飲みながら、弓弦は今日一日思っていたことをぽつりと口にした。

「龍鳳はすごいな」

「うん？」

「次期家元候補だけあるよ、やっぱり」

龍鳳はちょっと驚《おどろ》いた顔をして「ありがとう」と笑う。

「まだわからないぞ」

またまた、と軽口を言い、弓弦はグラスに口をつける。

「今日、やっぱりすごいなって感心して見てた」

迷いも淀《よど》みもなく、美しく活《い》けられる花を見て、不意に子供のころのことを思い出した。ライバルだと言われながら、力の差は周囲以上に自覚していて、初めから弓弦は龍鳳と張り合う気などなかった。だから意識しないようにもしていたつもりだ。

それでも隣《となり》で並び、龍鳳の花を見せつけられると、その才能の差に身の程《ほど》知らずにも嫉妬《しっと》をしたのを覚えている。けれどそれは憧《あこが》れと同義で、やっぱり対抗《たいこう》する気が起きるには至らなかった。

もし、自分が花だったら。そんなロマンチストな想像をして、龍鳳の手で作品にしてもらえたら素敵《すてき》だろうな、とすら思っていたのだ。もちろん、そんな夢見がちな思いを抱《いだ》いていたことを、言えるはずはないのだけれど。

「……でも、俺はお前の花も好きだけどな」

返された言葉に、弓弦は詰《つ》まってしまう。

ついでのように返されたようにも思うが、その科白《せりふ》をうれしいと思ってしまっている自覚があった。

「ありがとな」

「いや、本当に。今日、初めて弓弦の装花を見たが……昔と同じだ。バランスがよくて、その場が明るくなるような、見る側が愛らしいと思える花だ」

花を習っているときは、それを情緒《じょうちょ》がない、洗練されていない、と言われたこともあったが、龍鳳に改めて褒められて、面映《おもは》ゆい。

「……教えてもらったような『花』からは少し離《はな》れちゃったけど、この仕事が出来て結構幸せなんだよね、俺」

子供のころから教わっていた「華道《かどう》」が、そのまま活かせているかというと微妙《びみよう》なところだ。

まったく関係のない業務もそれなりに多い。

けれど、花を飾《かざ》り、誰《だれ》かにそれを喜んでもらえると、やっぱりこの仕事が、花が好きだと思えるのだ。大変なことも多いけれど、充実感《じゆうじつかん》は毎日覚えている。

龍鳳はビールを飲み干し、顎を引く。

「わかる」

「ん？　俺が楽しんで仕事してるって？」

「そうじゃなくて……、弓弦の花は、変わらないから」

「え……？」

「形が違っても、弓弦の花は、きれいで優《やさ》しい。人の心を和《なご》ませる力がある。……俺は、弓弦の花が好きだ」

別に、自分自身のことを言われたわけではない。

けれど、それは弓弦自身への告白と同義のような気がした。

どくん、と胸が大きな音を立てた。鼓動《こどう》が速くなっているのを自覚する。

「……お前さ」

「ん？」

「俺のこと、本当に好きなの？」

つい訊《き》いてしまった弓弦に、龍鳳は目元を染めて、目を逸《そ》らした。

「な、んで」

「俺、正直まだお前のこと疑ってる」

この間できなかった話をすると、追い詰められたような顔をして、龍鳳はテーブルの上に視線を落とす。けれどその後、意を決したように顔を上げ、まっすぐに弓弦の顔を見据《みす》えた。

「──好きだ」

はっきりと言われ、訊いた弓弦のほうが動揺《どうよう》してしまう。

いくら半分個室の状態とはいえ、こんな公衆の面前で質《ただ》すようなことではなかったと、今更《いまさら》後悔《こうかい》してももう遅《おそ》い。

試《ため》すような物言いをした割に、その動機や後のことを一切《いっさい》考えていなかったのだ。一体なにを訊いているんだ、とひどい自己嫌悪に陥《おちい》った。

「……なんで」

呟《つぶや》いて、深々と息を吐《つ》く。

どうして、自分なんか。一体なにを好きになったというのだろうか。

特に、なにかあったわけではない。性格も顔も平凡《へいぼん》だし、特筆すべきところなんてとくにない。弓弦は、つまらない男なのだ。

それに、小学校に上がるころには仲たがいしていたはずだ。

一体、自分のどこにそれほど引っかかる要因があったのか、本気でわからない。戸惑《とまど》っている、というのが正直なところなのだ。

顔を押さえて項垂《うなだ》れていると、対面の龍鳳が「俺は」とぽつりと呟いた。

顔を上げると、思案した様子でいる。ふと目があったので、思わず背筋を伸《の》ばしてしまった。

「……俺は、子供のころから弓弦のことが好きで」

初恋《はつこい》だった、と言われてどんな顔をしたらいいのかわからなくなってくる。

二十も半ばを過ぎた男に、「初恋」などと言われて気恥《きは》ずかしくなったというのもあった。

「年が近いっていうのもあったし、顔も可愛《かわい》かったし」

「龍鳳の方が可愛かっただろ」

今でこそ男性的で端整《たんせい》な顔立ちだが、子供のころの龍鳳は、自分なんかよりもよっぽど女の子のような可愛らしい容貌《ようぼう》をしていた。今よりも髪《かみ》が長かったから、ますます女の子のようだった。

「それだけじゃなくて、弓弦は優しかった。俺が庭で泣いてると、いつも捜《さが》しに来てくれるのが弓弦だったんだ。……覚えてないか」

「いや……いっつも後ろにくっついてたのは覚えてるけど」

曰《いわ》く、龍鳳は次期家元候補として幼いころから厳しい指導を受けてきた。手を叩《たた》かれたり、叱責《しっせき》されたりすることもあり、泣き虫だった龍鳳はよく庭に隠《かく》れて泣いていたそうだ。

弓弦はそんなとき、いつも龍鳳を捜し回っていたらしい。弓弦は母のすすめで伯母《おば》に習っていたので、稽古《けいこ》日が重なることが多かったから、可能性としては十分あり得るし、龍鳳が今更《いまさら》嘘《うそ》を言っているとも思えない。

「母さんに散々駄目出《だめだ》しされた花を、弓弦だけは褒めてくれた。龍鳳の花、好きだよって。泣きやむまで側《そば》にいてくれる弓弦の優しさにいつも救われてた」

宝物を大事に抱くように、柔《やわ》らかな声で龍鳳が言う。弓弦はどきりとして、ごまかすようにビールを呷《あお》った。

「俺の部屋、元は曾《ひい》おじい様の部屋だっただろ？　あれ、本当は客室になるはずだったんだ」

「え？　そうなのか」

「でもあの部屋、弓弦が気に入ってただろ？　だから頼《たの》み込んで、なんとか俺の部屋にしてもらったんだ」

誕生日何年分か前借りした、と冗談《じょうだん》交じりに龍鳳が言う。

龍鳳は、ちゃんと覚えていたのだ。

「それに、もしかしたら、弓弦がいつか来てくれるんじゃないかって期待もしてた」

曾祖父《そうそふ》が亡《な》くなったころは、既《すで》に弓弦と龍鳳は仲良くはなくなっていた。だから行きたくても行けなかったのだ。龍鳳はだからこそ、部屋を譲《ゆず》り受けて弓弦を待っていたのだと言うけれど。

弓弦は右目を眇《すが》めて、鼻の頭を掻《か》く。

「……そうだよ、お前、途中《とちゅう》からなんか俺に意地悪になったじゃん。とても好きな奴《やつ》にする態度に見えなかったけど」

「あれは」

言いさして、龍鳳が恥《は》じいるように唇《くちびる》を引き結ぶ。

「……あれは、俺たち周りの大人たちから、わざと反目するように焚《た》きつけられてただろ。なにかと比べられたりとか」

「ああ。同い年だしな」

「……俺はそう言われるたびに『弓弦と仲良くできないの？　なんで？』って思ったんだよな。大人の言うことは聞かなければならないとは思っていたくせに、それを素直《すなお》に聞くことができなくて、だからこそ『でも弓弦とは仲良くしたいし』なんて、子供心に葛藤《かっとう》して」

「あー、それも覚えてるかも」

ある日、本家に行ったら龍鳳が泣きそうな顔をしていたのだ。

いつもなら「あそぼ」と可愛く誘《さそ》ってくるはずの従兄《いとこ》が、まるでなにかを我慢《がまん》しているような表情で庭にたたずんでいた。

普段《ふだん》通り遊ぼうとしたら、ライバルだから、と親戚《しんせき》の大人に引き離されそうになったのだ。

弓弦が追い縋《すが》り、龍鳳の手を取った。いずれ蹴落《けお》とさないといけないんだから情をかけるな、というようなことをその人に言われたような気がする。

思い返しながら言うと、龍鳳は笑った。

「弓弦、なんて言ったか覚えてるか」

「え？　いや……」

「俺の手を取ってさ、『ライバルとか関係ない。仲良くしちゃいけないなんて変！』って言ったんだ」

幼いころの己《おのれ》の言動を今更言われると、言いようもない羞恥《しゅうち》に襲《おそ》われる。

「そ……そうだったか？」

そこまで詳《くわ》しく覚えていなかったのでそう返すと、龍鳳はふっと笑った。

「……でも俺は、そのとき『弓弦は強いな』って思った」

「そうか？」

「俺は、なんとなく漠然《ばくぜん》と『大人が言ってることは守らないと』って思ってたんだよ。理不尽《りふじん》かどうかって判断が、できなかった」

「それは単に素直なんじゃ？」

弓弦のフォローに、龍鳳が苦笑う。

「そのときに手え握《にぎ》って二人で走って逃《に》げて、『龍鳳が好きだから、関係ないよ』って笑って」

それがとてつもなく可愛かったのだと龍鳳が笑う。

今の自分が言われたわけでもないというのに、その賛辞が妙《みよう》に気恥ずかしくて頰《ほお》が熱を持った。

酔《よ》いが回ってきたのだ、と誰《だれ》に言うでもないのに心中で言い訳する。

「その後、池のほとりで話してたときも、なんてまっすぐなんだろう、なんて可愛いんだろうって、弓弦にドキドキして。ああ、好きだなって思ってたら……」

急にトーンダウンした声に首を傾《かし》げる。

「りゅ、龍鳳？　どうした？」

「……弓弦が急にキスをしてきたんだ。仲良しのしるしだって」

「えっ」

思いもよらぬ発言に、弓弦は思わず手に持っていたグラスを取り落としそうになる。すっかりと頭から消え去っていた記憶《きおく》に、ひどい衝撃《しようげき》を受けた。どっと冷や汗《あせ》が出てくる。

けれど思い返してみると、子供のころの弓弦は母親がキス魔《ま》だったせいもあり、好きなものにはなんでもキスするくせがあったかもしれない。女の子にも、大好きなおもちゃにも、飼っていた犬にもキスを振《ふ》る舞《ま》っていた気がする。龍鳳を可愛いと思い気に入っていたのなら、していてもおかしくない。

けれど、いくらなんでも口にはしてないと思うのだ、多分。

「相手は男だし、俺も男だし、でも好きだし……俺はそのとき、あまりに混乱しすぎて、弓弦のこと突《つ》き飛ばして逃げたんだ」

「……そうだっけ？」

結構インパクトのあることだと思うのだが、その記憶は弓弦にはなかった。そのあとの態度の変化のほうが色々印象的だったので、記憶が混濁《こんだく》しているのかもしれない。

「いや、そりゃしょうがないって。急にキスされたら誰《だれ》だってそうなる」

フォローしてみたものの、龍鳳は硬《かた》い表情のまま頭《かぶり》を振《ふ》る。

「そうじゃなくて！……もうそれ以来、弓弦のこと意識しすぎて、ダメなんだ。弓弦を見ると緊張《きんちょう》して、顔を合わせるだけで頭真っ白になって」

「……え、あ、そ、そうだったんだ？」

それはもしかして、今の今まで、その思いを引きずっていたのだろうか。

「でもお前、その割に結構俺んとこ来て意地悪したじゃん。あれは緊張してるようには」

別に追い打ちをかけるつもりはなかったのに、龍鳳はやけに打ちのめされた表情で顔をうつむける。

「……そのくせ、弓弦がほかの奴を見てると、もうそれだけで嫉妬《しっと》して……なんとかして俺の方を向かせたくて、つい意地悪したっていうか」

それはいわゆる「好きな子ほどいじめたい」心理というやつではないだろうか。こっちを見てほしい、自分を気にかけてほしい、という動機から、つい好きな子をつついてしまうというあれだ。

弓弦自身も、それなりに身に覚えのある衝動《しょうどう》ではある。男子小学生の行動としてはそれなりにポピュラーなものだが、大概《たいがい》やった相手に嫌《きら》われるという道が待っている。好きだと認めることもできないのだ。

寄ると触《さわ》ると喧嘩《けんか》するので、大人たちに離《はな》れろと言われたことがあるが、いつも龍鳳が寄ってくるので避《さ》けられなかった。

「だからそれは……その、意地悪しないといられない感覚というやつで……お前と面と向かって接することができなかったんだ」

「そう、なのか？」

「嫌いな食べ物見て涙《なみだ》目になってるのが可愛いからってじっと見てたら目があって、食べてやろうか、って言ってやりたかったのに混乱して自分の分まで皿に移して泣かせたりとか」

「ああ……あれって本当は、食べてくれようとしてたんだ」

食べ物系は記憶に残りやすいが、それはしっかりと覚えている。

誤解はとけたものの、やはり嫌いなものを二倍食べさせられたのは今でも恨《うら》めしい。

「でも、涙目の弓弦が可愛くて……！」

今までより大きなボリュームで言われて、思わず後ずさる。

「そんなことしたら嫌われるってわかってるのに、泣いてるところが見たくて」

随分屈折《ずいぶんくっせつ》した愛情表現だ。その心理はわからないではないのだが、泣き顔が見たくて、と言う眼前の男に多少不埒《ふらち》なものを感じ取って、閉口する。

――……ていうか、これは……。

今更ながらに龍鳳の意地悪の真相を聞いて、顔が徐々《じょじょ》に火照《ほて》り始めてきた気がする。嫌われていると思って受けていた仕打ちの数々はすべて愛情の裏返しで、むしろ全力で好きだと告げられていたなんて。

龍鳳に突っぱねられたことのショックが大きすぎて、そんなこと気づきもしなかった。

「でも…。じゃあ、今こうして普通《ふつう》に話せてるの、もう緊張はしてないってことか？」

多少なりともおかしなところはあったが、基本的には普通の対応をしていたはずだ。

なんとなく間を持たせるために口にした問いだったが、先程《さきほど》よりもよほど追いつめる言葉だったようで、龍鳳は恥《は》じ入るように頭《こうべ》を垂れた。

「その、つまりそれは……あのとき、弓弦に見られてもう意地を張る必要がなくなったから、というか」

あのときって、と口にしかけて、龍鳳に押し倒《たお》された夜のことを思い返していたたまれない気分を味わう。

「え、でもそれって」

つまり、眼前の男は初恋《はつこい》をいまだに拗《こじ》らせていた、とそういうことなのだろうか。

恋に落ちた当時のメンタリティを引き継《つ》ぎ、意地悪がやめられない。それで、夜な夜な写真に向かって告白をしていたと。それを見られてはっちゃけてしまったのか。

「……気持ち悪いなら気持ち悪いと言ってくれ。自覚はある」

まるで断頭台に立つような面持《おもも》ちで口にした男を気持ち悪いとは思うが、そこまで好かれてたのだと思うと悪い気はしない。

しかし、笑えばいいのか真顔になればいいのか、弓弦には判断しかねた。

応《こた》えない弓弦に、龍鳳は長い息を吐《つ》く。

「弓弦は嫌《いや》そうだったけど、俺はいつも並んで花を活《い》けるのが楽しかった」

「そう、なの？」

「隣《となり》にいられるし、それに俺は、弓弦が花を活けてるときの顔が、すごく好きなんだ」

一体どんな顔をしているのか、自分ではわからない。無意識に頬を擦《こす》ると、龍鳳が笑う。

「今日も、仕事中に同じ顔をしていた。楽しそうで、本当に花が好きなんだとわかって……すごく、きれいだと思った」

それは花への評価なのだろうが、まっすぐに気恥《きは》ずかしくなるような賛辞をぶつけられて、返答に困ってしまう。

今まで仲たがいをしていると思っていた相手と和解したばかりだというのに、その相手に臆《おく》面《めん》もなく褒《ほ》められたら困惑《こんわく》するというものだ。

しかし、ふと気づいて弓弦は「それ！」と指さす。

「どれ？」

「だから、今日、写真撮《と》っただろ！　俺の仕事してるとこ」

あれはどういうつもりだったのか、今のでなんとなくわかってしまった。

「どうせ俺が弓弦のこと好きだっていうのはバレたし、だったらもう隠《かく》れて撮らなくていいなあと」

「か、隠れてって……」

なんだか藪《やぶ》を突《つ》いてよけいなものを出してしまったような気がする。龍鳳は満足げな顔をして、携帯電話《けいたいでんわ》を取り出した。

「俺が撮ったのに、ちゃんとこっちを見てる弓弦の写真が撮れた」

「『俺が撮ったのに』ってどういうこと……？」

訊《き》いてはいけないような気がするのに、つい口に出してしまう。

「弓弦の写真、いっぱいあるから」

澄《す》ました顔でけろりと怖《こわ》いことを言う男に、弓弦は頬を引きつらせる。写真の隠し撮りから、小中高の遠足や修学旅行の写真なども、何故《なぜ》か持っている。

いくつもの隠し撮りを思い返して、どっと疲《つか》れが押し寄せてきた。

――しかし、そこまでされて、俺も今の今まで気が付かなかったってのが……。

それに、ちょっと偏執的《へんしゅう》ではあるが、一途《いちず》に思い続けてくれていたのだと思うと、やはり邪険《じゃけん》に扱《あつか》う気にはならないのだ。

けれど、弓弦の反応をどう思ったのか、龍鳳が心持ち上体を引く。

「悪い」

「え？」

「……俺が、勝手に好きなだけだから。弓弦は気にしなくていい。いつも通りにしていればいいから」

応えなくても構わないというのは、弓弦の気持ちを訊く気などないということなのだろう。

断るつもりでいたはずなのに、急に突き放された気分になった。

――こんだけ口説いといて、それはちょっとずるいんじゃないのか。

勝手に結論づけるのは、ずるい。傷つくのが嫌なのはわかるけれど、これでは前までと変わらないじゃないか。

身勝手だと思うけれど、蓋《ふた》をした龍鳳の気持ちをほじくりかえしたくなった。勝手に終わらせるなら、蒸《む》し返すのも弓弦の勝手だ。

「……そうだな。俺は応えられないし。お前だって当主として嫁取《よめと》りしなきゃいけないんだもんな」

少しの嫌味《いやみ》を込めて、そう言ってみる。

「そうだな」

だが、すぐに返ってきた肯定《こうてい》に、胸の奥でなにかが蟠《わだかま》る気配がした。

ああ、結婚《けっこん》するんだ本当に。そう思って、胸が痛くなる。

弓弦のことを好きだと言って、触って、こんな風に笑うくせに、龍鳳は近い将来、結婚するのだ。

「だから、襲《おそ》われる心配もしなくていいぞ」

「誰《だれ》がそんな心配……！」

以前押し倒したことを自ら蒸し返す龍鳳に、顔が火照るのを自覚する。

龍鳳は目を瞠《みは》り、首を傾《かし》げた。

「どうしてそんな顔をしてるんだ？」

不審《ふしん》がる龍鳳に動揺《どうよう》を見透《みす》かされたような気がして、弓弦はグラスを置いた。

「もういい。勝手に結婚でもなんでもしろ！」

龍鳳と子供のような喧嘩《けんか》をして連絡《れんらく》を断《た》って、既《すで》に二週間ほど経過している。その日以来、弓弦はどこか変だ。

今まで頭から締《し》めだしていたはずの龍鳳のことが、頭から離《はな》れない。この気持ちがなんなのか自分でもよくわからなかった。

龍鳳を置き去りにして、会計だけ済ませて弓弦は一人で家路についた。

店を出たばかりのころは頭に血が上っていたが、時間も経《た》てば冷静になってくる。そしてなんであんなことを言ってしまったのか、とか、龍鳳はどう思っただろうかと今更《いまさら》になって焦《あせ》り始めた。けれど、龍鳳は追いかけても来なかったし、連絡もしてこなかったのだ。

何度も携帯電話を確認《かくにん》し、その度《たび》に龍鳳からのアクションがないことに落胆《らくたん》する。そして、なんで自分がこんなにがっかりしないといけないのか、と腹を立てたりして大忙《おおいそが》しの二週間だった。

——仕事中だ。集中！

気合いを入れ直し、深呼吸をする。

今日は仏滅《ぶつめつ》で、結婚式の予定は入っていない。慌《あわ》ただしくはないが、朝から宿泊《しゅくはく》客の部屋に花束を持っていくことになっていたので弓弦は早朝に出勤をした。

注文票を見ながら、上司の小言を受けつつ予算内で落ち着いた色合いの花束を作る。メッセージカードではなくバースデーカードを、ということだったので、それを花束に付けて依頼主《いらい》の部屋へと運ぶ。

その途中《とちゅう》、弓弦は周囲に聞かれないほどの小さな溜息《ためいき》を零《こぼ》した。

花束の注文客のいる部屋の前に立ち、呼び鈴《りん》を押そうと手を伸《の》ばすと、廊下《ろうか》の向こうからコンシェルジュがものすごい形相で歩いてきた。

「志納さん、ちょっと待って！」

「……え？」

静かだが迫力《はくりょく》のある声で言われたが、既《すで》に呼び鈴を押してしまっていた。コンシェルジュが「ああ！」と悲鳴を上げる。

一体何事かと訊くより早く、部屋のドアが開いた。そのとき瞬時《しゅんじ》に、コンシェルジュが笑顔《えがお》を張り付ける。

ドアから顔をのぞかせたのは、白いワンピースを着た小柄《こがら》な女性だ。まだ寝起《ねお》きだったのか、化粧《けしょう》っ気のない顔をぼんやりとこちらへ向けている。その顔に見覚えがあるが、すぐには思い出せない。

「あの……？」

声をかけられて、先に動いたのはコンシェルジュのほうだった。

「大変失礼致《いた》しました。こちらの手違《てちが》いで部屋を間違えてしまいまして」

にっこりとしながら、コンシェルジュが弓弦の上着を引く。ここは退散せよ、ということなのだろうから、依頼主の部屋ではないのかと疑問に思いながらも踵《きびす》を返すことにする。けれど、それを呼び止めたのは部屋の主《あるじ》だった。

「――あの、その花束……私の部屋に届けられるはずだったものですよね」

その科白《せりふ》に、コンシェルジュが少々動揺をした気配が伝わった。

「……大変申し訳ございません。少し行き違《ちが》いがありまして……」

「やっぱりそのお花、いただけますか？　こちらのわがままだったので、お代はお支払《しはら》いします」

「いえ、とんでもございません。ご迷惑《めいわく》をおかけしたので、お代は結構です」

一体これはどういうことなのか、と思いながらも、弓弦は女性を見やる。彼女は微笑《ほほえ》んで、弓弦に手を差し出した。

礼を言って受け取った彼女の表情は、どこか憂《うれ》いを帯びている。

今日は彼女の誕生日ではないのだろうか。それなのになぜ、こんなに肩《かた》を落としているのだろう。

どう声をかけたものかと悩《なや》んでいると、女性はようやく弓弦の顔を真正面からとらえて、目を微《かす》かに瞠った。

「……あの、どこかでお会いしたこと、ありませんでしょうか」

問われて、心当たりがなく首を横に振《ふ》る。

「――いえ、申し訳ございません」

「人違《ひとちが》いだったらこちらこそ申し訳ありません。あの、もしかして志納様……でいらっしゃいますか？」

どうして名前を知っているのかと焦り、名札かと自分の胸元《むなもと》を確認すると、「いいえ」と否定される。

けれど、弓弦には眼前の女性に多少の既視感《きしかん》を覚えてはいたが、はっきりと誰かがわからない。

「あの、申し遅《おく》れました。私、館林紫と申します」

化粧っ気はないが、十分美しい顔に笑みを載《の》せ、女性はゆっくりと頭を下げた。その名前を聞き、先日龍鳳の隣《となり》に並んでいた女性だということを察する。素顔《すがお》ということもあるが、和装と随分《ずいぶん》印象が違うので気が付かなかった。

はっきりと面識はなかったが、龍鳳の婚約《こんやく》者候補ともなれば、弓弦の名前と顔くらいは知られているだろう。弓弦も慌てて頭を下げる。

「志納です。志納弓弦と言います」

「存じております。あの、従弟《いとこ》の」

重ねられた問いに首肯《しゅこう》すると、紫はまあと驚《おどろ》いた顔をしてドアを大きく開けた。

「こちらで働かれていたんですね。あの、よろしかったら中に」

「いえ、就業中ですので」

それでなくても、龍鳳の婚約者候補の部屋に入るのはまずい。そう口にした弓弦に、紫はどこか気落ちした面持《おもも》ちで「……そうですね」と笑み、肩を落とす。

花束を抱《かか》えて、何故《なぜ》か消沈《しょうちん》する女性に当惑《とうわく》し、背後に控《ひか》えるコンシェルジュと目配せをする。コンシェルジュは指を二本上げ、彼女を指すように一本減らす。

そういえばこの部屋はツインだが、彼女一人の気配しかない。おまけに、花束の差出人は女性名で、しかも紫だったような記憶《きおく》がある。どうやら誕生日だったのは彼女ではないらしい。

紫はコンシェルジュをじっと見つめ、物言いたげに逸《そ》らした。

コンシェルジュは少々躊躇《ためら》うように、「なにかございましたらお申しつけください」と言ってその場を離れていく。行かないでくれと縋《すが》りたい気持ちで見送ると紫が「今日、一人なんです」と呟《つぶや》いた。

「え」

「ここ、一年も前から予約してたんです。そのときにお花も頼《たの》んでいて……そのことをすっかり忘れていて、キャンセルが昨日になってしまいました。却《かえ》って、ホテルの方に気を遣《つか》わせてしまったみたい」

待ち人来たらず――今日が誕生日だというその相手は誰《だれ》だったのか。友人か、親兄弟か、それとも龍鳳だったのか。

そういえば、弓弦は龍鳳の誕生日など覚えていない。祝う必要があまりなかったからだが、その事実に今更になってしくしくと胸が痛んだ。

「去年、私のお誕生日のときにもやっぱりここでお花を頂いて。素敵《すてき》だなと思ったら、志納の方が作っていらしたんですね」

道理で、と笑う彼女に恐縮《きょうしゅく》してしまう。

「先日もあの龍鳳さんと並んで花を活《い》けてましたものね」

「ああ、いえ」

彼女のほうから龍鳳の名前を出されて、動揺《どうよう》してしまう。無意味な返しをしてしまったが、紫はあまり気にかけていないようだ。

「……私は、小さなころから志納流のお稽古《けいこ》に通っておりまして、龍鳳さんは何度かお見かけしたことがあります」

そのころから、お嫁《よめ》さんになる、とでも思っていたのだろうか。可愛《かわい》らしいと思うのに、何故かもやもやとした気分になる。

「龍鳳さんと私は、少し似ているところがあるんです」

「そう、ですか？」

それで余計に運命を感じたとでも言うのだろうか。

なんだか意地の悪い考えを浮《う》かべる自分に、弓弦は自己嫌悪《けんお》に陥《おちい》る。

けれどそんな弓弦の嫌《いや》な気持ちには気が付かない紫は、ええ、と頷《うなず》いた。

「親に逆らえず、親の敷《し》いた道を進む。それに飽《あ》き飽きとしているのに、誰《だれ》かが動いてくれたらなにか変わるんじゃないかって……自分で動くことを躊躇ったまま、願ってる」

含《ふく》みを持たせるような言葉を呟いて、紫が話を打ち切るように笑みを浮かべた。

「お仕事のお邪魔《じゃま》をして申し訳ありませんでした。お花も、ありがとうございます」

「はい。こちらこそ、ご利用ありがとうございました」

「では失礼いたします」

紫は自分が注文をした花束を抱えてドアを閉めた。

深々と礼をして、弓弦は踵を返す。すぐ近くの死角で控えていたコンシェルジュに状況《じょうきょう》を訊《き》かれたが、知人だったので挨拶《あいさつ》をした、ということだけを伝えて持ち場に戻《もど》った。

先程《さきほど》彼女が言っていたのは、だから、龍鳳と婚約をしたい、ということなのだろうか。

——……一年も前から……もっと前から、付き合いがあったってことなのか？

ここのところの龍鳳とのやりとりを思い返し、ひどく不快な気持ちになった。

はっきりと両天秤《りょうてんびん》にかけられていたとわかって、愉快《ゆかい》な気分でいられるはずがない。きっと、龍鳳は弓弦に触《ふ》れたときのように、彼女に触れていたのだろう。そう思うだけでもやもやと落ち着かない気分になり、そんな下世話な想像をすることに自己嫌悪する。

気もそぞろになりながらもなんとか業務をこなしたものの、紫の気落ちした姿を思い出し、もしかしたらその一端《いったん》は己《おのれ》にあるのかと罪悪感にもかられる。

約束を反故《ほご》にした理由がどういうものなのかはわからないが、なんにせよいい気分ではない。

――龍鳳、最低。

終業後、携帯《けいたい》を取り出して龍鳳のアドレスを呼びだしたが、弓弦は結局、龍鳳にメールを打つことはできなかった。

結局、自分でもなにを訊きたいのかわからず、画面と睨《にら》めっこをする羽目になったのだ。


結局龍鳳は、あの大勢の門下生の一人から、婚約者を決めたらしい、という話を弓弦は母親伝手《づて》に聞いた。

弓弦の言ったことがきっかけではないのだろうが、龍鳳の結婚話はその後、とんとんと進んだようだ。なにも訊けないまま、お祝いのメールの一つも送れず、時間ばかりが経過していく。

季節が冬に差し掛《か》かったころ、本家からは「襲名披露《しゅうめいひろう》の前哨《ぜんしょう》を兼《か》ねた婚約《こんやく》披露」の招待状が届き、龍鳳と、紫の名前が並んでいた。

いよいよ現実味を帯びてきた龍鳳の結婚に、弓弦は焦燥《しょうそう》を覚える。

そして乗り気ではなかったのに、祝いを持っていかされる羽目になった。

有休の申し出は一か月前に申請《しんせい》しないといけないというのに、志納流次期家元の婚約披露だということで、勤務先が土曜日と日曜日の両日とも、有休をとらせてくれたのだ。

本来ならば、親戚《しんせき》として、一旦《いったん》は和解した従兄弟《いとこ》として、喜ぶべきところだ。けれど、想像すればするほど、気が滅入《めい》っていった。

用件を済ませたら帰りたかったのだが、当然ながらそうはいかない。

既《すで》に宴会《えんかい》の準備も終わり、弓弦の席も作っていると言われ、強引《ごういん》に座らされてしまった。あれだけ確執《かくしつ》を作ろうとしていた人たちは、それなりに面白《おもしろ》そうな顔をしているのだろう。

先に来ていたらしい伊吹が、弓弦を見て片手を上げる。弓弦はその横へ座り、溜息《ためいき》を落とした。

「どうした？」

「いや、別に」

徳利《とっくり》を傾《かたむ》けられて、弓弦は猪口《ちょこ》を差し出す。瑞々《みずみず》しい香《かお》りのする冷酒を傾けながら、知れず深い溜息を吐《つ》いた。

「伊吹は、見た？　婚約者」

「……いや？」

そっか、と言って酒を飲み干す。

彼女は、少なくとも弓弦よりは龍鳳のそばにたつのがふさわしい人物ではある。

この間、二人並んで花を活けた場所で、今度は自分ではなく婚約者の女性と一緒《いっしょ》に座るのだと思うと、胸がちくりと痛んだ。

――だったらなんで、今更《いまさら》あんなこと言ったんだよ。

言った本人は満足かもしれないが、弓弦の気持ちはどうなるというのだろう。

弓弦のリアクションを見て、龍鳳は自分が弓弦に嫌《きら》われていると思ったのかもしれない。だから、今更告白したところで、和解したところで、恋《こい》は叶《かな》わないと。

きっと、自分が同じ立場だったら、弓弦だってそう思うだろう。いつまでも叶わない恋を抱《かか》えたままでいるのは、不毛で不幸だ。

取り留めもなく話していると、障子が開く。廊下《ろうか》から、婚約した二人が出てくると、宴会はさらに騒《さわ》がしくなった。

見たくない、と思いつつも、つい龍鳳の婚約者の顔を見てしまう。

――……紫さん。

龍鳳の隣《となり》にいるのは、桜色の着物の良く似合う、黒髪《くろかみ》の楚々《そそ》とした女性だった。

結局、彼女はあのあとどうしたのだろう。ホテルで一人きりですごしたのか、それとも後に龍鳳と合流したのか。

「どうした?」

ぼんやりと二人を眺《なが》めていた弓弦に、伊吹が問う。

「いや、なんでもない。……美人だな。今時珍《めずら》しい大和撫子《やまとなでしこ》って感じだ」

「あー、そうだな」

同じく、艶《つや》のある黒髪で、すっきりとした美形の龍鳳と並ぶと、まるで夫婦《めおと》人形のようだった。自然と湧《わ》いた拍手《はくしゅ》に、おざなりに乗りながら、ぼんやりと二人を眺める。

これから二人で手を取り志納流を受け継《つ》いでいくのだ。

そう思うと、仕事で慣れたはずの笑顔《えがお》に、ひびが入るような気がした。おめでとう、と言いたいのに口が強張《こわば》る。

このままでは、二人が酌《しゃく》をしに回ってきたときにどんな顔をするかわからない。いたたまれなくなって弓弦は腰《こし》を上げた。

「おい、弓弦?」

「ちょっと、外の空気吸ってくる」

ここにいるのは辛《つら》いから。

後ろで宴《うたげ》の声を聞きながら、弓弦は中庭へ下りる。

今日は、門下生の出入りもなければ、親戚や来客がすべてひとところに集まっているせいで、殆《ほとん》ど人気《ひとけ》がない。

ふっと息を吐き、中庭を歩く。

本当ならお祝いしないといけなかったのに、とてもではないけれど祝いの言葉を述べる気にはなれなかった。

――帰りたい。

今すぐ、ここから立ち去りたい。

けれど、そうはいかない。婚約を決めた従兄《いとこ》のために、笑って祝いの言葉を言うのが自分の役目なのだから。

ふらりと中庭を通り、離《はな》れへと向かう。きっともう、しばらくここには来られないだろう。今のままでは、龍鳳が家庭を作るところなど見られない。

平気になるまでにはどれくらいかかるのか、自分でもよくわからなかった。

告白されたのは弓弦のはずなのに、失恋《しつれん》した気分だ。

見納めとばかりに、龍鳳の部屋に向かう。

離れにも、その周辺にも人の姿はない。弓弦はそっと龍鳳の部屋に入った。

すっきりと整頓《せいとん》された主《あるじ》のいない部屋を、弓弦はじっくりと見まわす。随分雰囲気《ずいぶんふんいき》が変わったかと思ったが、よく見ると調度品は曾祖父《そうそふ》が使っていたものと変わらないものがいくつかあった。和箪笥《わだんす》や、掛け軸《じく》などは同じだ。文机《ふづくえ》は、長身の龍鳳には合わないのではないだろうか、と余計な心配をしてしまう。

一度泊《と》まったことはあるが、あのときは色々と冷静ではなかったので、こんな風に見る余裕《よゆう》はなかった。

随分《ずいぶん》と洗練された部屋なのだが、龍鳳の少々気持ち悪い「弓弦グッズ」がたくさんあった部屋でもある。

——台無しだよな。部屋もあいつも。

思い返してくすっと笑みを零《こぼ》したものの、もう結婚《けっこん》するのだから、それも処分してしまっただろうと思い至る。

再び疼痛《とうつう》を訴《うった》えた胸を黙殺《もくさつ》し、弓弦はうろうろと室内を見まわした。

——あ、そうだ。よくあそこに隠れさせてもらったっけ。

今思えばワンパターンで、弓弦はかくれんぼで曾祖父の部屋に逃《に》げ込むときは、いつも押し入れの中に匿《かくま》ってもらっていたのだ。下段には行李《こうり》が入れられており、そこに背中を預けるようにして膝《ひざ》を抱えて、隙間《すきま》から時折曾祖父と話すのが楽しかった。そのときは、龍鳳も一緒だった。

——人んちの押し入れを開けるの、まずいよな。……でもまあ、ちょっとくらいなら大丈夫《だいじょうぶ》だろ。

なにが大丈夫なのかわからないが、弓弦は勝手にそう結論づけて押し入れの襖《ふすま》をそっと開ける。

「……あれ？　行李がない」

上段には布団《ふとん》一式が、下段には収納ボックスが収められていた。

「もしかして、処分したのか？」

しゃがんで確認《かくにん》すると、反対側のほうに曾祖父が使っていたのと同じ行李があってほっとした。

そして、覗《のぞ》いてみて、まだ小さかったとはいえ、子供が二人入れる隙間がないということに気が付く。

――ああ、あれって、龍鳳と俺のためにわざわざスペース空けといてくれてたんだ。

曾祖父と、まだいつも一緒《いっしょ》にいたころの龍鳳を思い出しながら、押し入れの前で膝を抱える。

樟脳《しょうのう》の匂《にお》いが懐《なつ》かしい。

目を閉じると、押し入れの中で声を潜《ひそ》めていた、声変わり前の龍鳳の声が聞こえるような気がした。

「……弓弦」

夢の中の龍鳳の声が、急に低くなった。

お前その声どうした、と問い質《ただ》そうとしたのと並行して、誰《だれ》かに頬《ほお》を撫《な》でられる感触《かんしょく》がする。

その感触がやけにリアルで、不意に意識が覚醒《かくせい》した。

「おい、弓弦」

やけに近くで聞こえた声に、弓弦は瞼《まぶた》を開く。

薄暗《うすくら》がりで「楽しいね」と言っていた龍鳳とは違《ちが》う、大人になった龍鳳がそこにはいた。

「……成長してる」

「は？　弓弦、こんなところで寝《ね》てたら風邪《かぜ》ひくぞ」

もう一度頬に手を当てられて、ようやくはっとする。

「あ、あれ？」

慌《あわ》てて正座して、きょろきょろと周囲を見渡《みわた》す。既《すで》に西日も傾《かたむ》いており、結構な時間、ここで寝てしまっていたのだということに気が付いた。

少しだけ、懐かしさに浸《ひた》るぐらいのつもりだったのに、と羞恥《しゅうち》に顔が熱くなる。

「気が付いたら弓弦がいないから。ここだと思った」

「な、なにそれ」

見透《みす》かされて、居心地《いごこち》の悪い気分を味わう。龍鳳はそれには答えずに立ち上がり、後ろを向いて歩き出す。

どこへ行くのかと引き止めそうになって、慌てて手を引っ込めた。夢を引きずっているのか、まるで子供のような所作の自分に愕然《がくぜん》とする。

そして龍鳳も退室したわけではなく、文机の上に載《の》せていた盆《ぼん》を持って戻《もど》り、弓弦のそばに腰を下ろした。

「酒、ちょっともらってきた。飲むだろ」

「ああ、うん」

酒を注《つ》がれた猪口《ちょこ》を差し出され、弓弦は恐《おそ》る恐る受け取る。

まだ略式正装の弓弦とは違い、龍鳳は浴衣《ゆかた》を身に着けている。その袖《そで》から、石鹸《せっけん》の香《かお》りがして、相手が龍鳳だというのにどきりとしてしまう。

弓弦も上着を脱《ぬ》ぎ、酒を舐《な》めた。

無言の空間に静寂《せいじゃく》が落ちる。母屋《おもや》のほうでは、まだ宴の気配がしていた。

主役であるはずの男がいなくていいのだろうか、と龍鳳を見やると、ぱっちりと目が合ってしまう。

「なに？」

「いや……、宴会《えんかい》はどうなったのかな、と思って」

「ああ、まだやってるんじゃないかな。明日《あした》は日曜だし、遅《おそ》くまで飲みそうな雰囲気だったけど」

どうして、と訊《たず》ね返されて、途中《とちゅう》退室してしまった自分が言うことではないかと思いつつ、視線を畳《たたみ》の上に落とした。

「……主役が、いなくていいのか？」

ぎこちなく唇《くちびる》を動かすと、龍鳳は盆の上にことりと猪口を置いた。

「別に。館林さんも途中で帰ったし。もう俺がいてもいなくても、どうでもいい雰囲気だから構わないんじゃないか」

「……そ」

龍鳳が、婚約《こんやく》者の女性の名前を呼んだことに、心臓が大きく跳《は》ねた。

これで志納家も安泰《あんたい》だな、おめでとう。

そう言うべき場面なのに、喉《のど》になにかが引っかかって言葉が出てこない。そんな自分に混乱しながら、弓弦も猪口を置く。

手が離れる間際《まぎわ》、龍鳳の指が指先に触《ふ》れてきた。

「な」

「──おめでとう、とは言ってくれないのか？」

ぽつりと落ちた言葉に、ぎゅっと胸が締《し》め付けられる。そのあまりの痛みに、一瞬《いっしゅん》息が止まった。

──……こいつ、それ訊《き》いてどうするんだろう。

苦笑《くしょう》しようと思ったのに、口元が震《ふる》えただけだった。

弓弦は、ごまかすように唇を噛む。

――だってお前、結婚するんだろ？

　婚約者のお披露目《ひろめ》までして、もう家庭を持つと決めた男に、自分がこれ以上なにを言えるというのだろう。

志納流を継《つ》ぐ男に、同じ男である自分に、一体なにを言わせたいのか。

「……やっぱ、お前っていじめっ子だよな」

「弓弦？」

いじめっ子、だなんて子供じみた単語で責められて、龍鳳は面食《めんく》らっていた。

「お前が、俺のこと好きだって言ったんだろ」

咎《とが》めた弓弦に、龍鳳は眉《まゆ》を寄せた。けれど口を挟《はさ》まずに、弓弦の出方を見ている。

けれど、それ以上言うことはない。龍鳳のせいにしてしまう自分がずるいとわかっているのに。

そこに縋《すが》っているのはほかでもない弓弦自身なのだと、わかっている。

「お前はそうやって、自分の言いたいこと言ってスッキリしたのかもしれないけど、俺は」

龍鳳の気持ちを、龍鳳自身を知って、好きになってしまった弓弦は、どうすればいいというのか。

今更《いまさら》そんなことを自覚した弓弦は、はっとして口元を押さえた。それに気づいているのかいないのか、龍鳳は神妙《しんみょう》な面持《おもも》ちで顎《あご》を引く。

「困らせた。悪かった」

「……別に困ってなんていない」

うぬぼれんなよ、と笑ってみたが、龍鳳は痛ましげな目をこちらに向ける。

龍鳳と同様、困らせるのは本意じゃないのだ。

そう思うのに、どうしても告げずにはいられなかった。

「お前こそ……」

「……俺が、なに」

「――結婚《けっこん》するなよ」

自分でも驚《おどろ》くくらい思いつめた声がこぼれた。龍鳳が、目を瞠《みは》る。

自分の発言に、今更ながらどっと冷や汗《あせ》が出て、弓弦は無理矢理《むりやり》笑って見せた。

「……なんて言ったら、困るだろ？」

どうにか、冗談《じょうだん》めかして言うことができた。かすかに声は震えていた気はするけれど。

これで、龍鳳が騙《だま》されてくれるとは思えない。けれど今後のことを思えば、騙されたふりくらい、できるはずだ。

これからのことを考えれば、龍鳳の足枷《あしかせ》になるようなことを言えるはずがない。

――笑え。

心中で、自分に命令する。笑え、なにも気にしてないんだと。それが嘘《うそ》っぽくてもいい。無理しているんだとわかってても構わないのだ。

龍鳳の記憶《きおく》の中に、龍鳳を見て笑っている自分を残してほしい。

会えばいつもいやな顔をしていた自分でも、龍鳳以外の前で楽しげにしている写真のなかの自分でもなく。

ぐっとこみあげてきた涙《なみだ》を飲みこんで、弓弦は目いっぱいの笑顔《えがお》を作った。龍鳳が、小さく弓弦の名前を呼ぶ。

結婚おめでとう。そう呟《つぶや》きかけた弓弦の唇が、龍鳳のもので塞《ふさ》がれる。

「……っ」

少し、歯がぶつかった。その勢いのまま押し倒《たお》されて、背中を打つ。くっと息をつめたのと同時に、離《はな》れていた唇が再び押し当てられる。

「っ、ぅ……」

顎を押さえつけられて、強引《ごういん》に開かされた口の中に、龍鳳の舌が入ってくる。ぬるんとした熱い舌は、いましがた飲んでいた酒と同じ味がした。

無理矢理舌を絡《から》められ、咬合《こうごう》しているうちに、酒の味は薄《うす》まってくる。息を奪《うば》うほどの激しい口づけに、目が回りそうになった。

「ふ……ぅ」

舌で口蓋《こうがい》を舐められると、息苦しいのに背筋がぞくぞく震える。快楽を認めてしまうと頭に霞《かすみ》がかかったようになり、抵抗《ていこう》するのも忘れてしまう。

必死に唇に応《こた》えていると、龍鳳の手が弓弦の帯を解《ほど》いた。

「ん、ん……っ！」

口を塞いだまま、龍鳳は器用に帯を抜《ぬ》き取り、手を胸元《むなもと》に差し込んできた。肩《かた》を撫《な》でるように着物を開《はだ》けられ、弓弦は伸《の》し掛《か》かる体を押し返す。

「待っ……龍鳳！」

「待たない」

「龍鳳……」

こんなのは駄目《だめ》だ。龍鳳には、もう婚約者がいる。

結婚して、子供を作って、志納流を継いでいくのだ。そこに弓弦が交わる未来はない。だから、こんなことをしてはいけない。龍鳳が弓弦を好きだとか、弓弦が龍鳳を好きだとか、なかったことにしなければならない。

そう思うのに、うまく言葉にならなかった。駄目だ、と言おうとするたびに、喉に引っかかってしまう。

——でも、俺とじゃ龍鳳は幸せになれないから。

今までにないくらい近くにある龍鳳の体を、弓弦は押しのけた。彼がどんな顔をしているの

か見るのが怖《こわ》くて、視線を上げられない。

「駄目、だろ？　やめよう。な？」

掠《かす》れた声が、自分でもわかるくらい震えている。

「駄目、だって」

本気で拒《こば》むつもりがあるのなら、突《つ》き飛ばして逃《に》げればいいだけのことだ。同じ男なのだから、容易《たやす》いことのはずだ。

それができないのは、弓弦の抵抗が本気ではないのだと言っているのと同じだ。

建前ではそう思っていても、本音が別のところにあるのだから、拒むことができないのだ。

龍鳳もそれくらいわかっているだろう。だから、龍鳳は懇願《こんがん》した弓弦の声を無視した。

「……っ」

弓弦の身に着けているものを、龍鳳はゆっくりと丁寧《ていねい》に脱《ぬ》がせていく。震える息を堪《こら》えようと、弓弦は唇《くちびる》を嚙《か》んだ。

「……弓弦」

弓弦の体の輪郭《りんかく》を確かめるように、龍鳳が肌《はだ》に触れる。

大きな掌《てのひら》は、熱い。先程《さきほど》までの性急さもなく、龍鳳はまるで壊《こわ》れ物のように弓弦を扱《あつか》った。

美しく花を活《い》ける手が、同じくらいの優《やさ》しさで己《おのれ》の体に触れているかと思うと、何故《なぜ》か泣きたい気持ちになる。

——触《さわ》られて、こんなにうれしいなんて思っちゃいけない。

「弓弦と一緒《いっしょ》にいられるなら、結婚なんてしない」

「……馬鹿《ばか》だな。そんなわけにいかないだろ」

躱《かわ》した弓弦に、龍鳳が端整《たんせい》な顔を近づける。

「志納流だって、誰《だれ》に譲《ゆず》ったって構わない」

「だから、そういうの……軽々しく言うなって」

なだめる声を出した弓弦に、龍鳳は眉を寄せる。

うれしいけれど、婚約者《こんやく》のことや将来のことを考えたら、鵜呑《うの》みにするわけにはいかなかった。もう少し、彼の言葉を喜ぶくらいの可愛《かわい》げがあればよかったのだけれど、残念ながらない。

色気のある言葉で返すことのできない自分を、龍鳳はあきれただろうか。いやになってしまっただろうか。

そんな不安を覚えながらも、少しでも、戯《たわむ》れでも、龍鳳が求めてくれたことが嬉《うれ》しかった。

正直に言うのは障《さわ》りがあって、けれど気持ちを伝えることだけはしたくて、弓弦は自分から唇を寄せる。

少し驚いたように体をこわばらせた龍鳳は、すぐに浅かった口づけを深め、弓弦の舌を吸った。

「……、弓弦……っ」

名前を呼ばれると、体が震《ふる》える。

応えてはいけないと思うのに、龍鳳を求めて動いてしまうのだ。

「んんっ」

唇を合わせながら、龍鳳の手が弓弦の下肢《かし》に伸びる。

「ぅ、や……っ」

性急にしごかれて、弓弦は悲鳴を上げる。痛いくらいなのに、そこは刺激《しげき》を待ち望んでいたように勝手に濡《ぬ》れ、龍鳳の手を濡らす。

あまりに濡れて、龍鳳の手が滑《ぬめ》るのが恥《は》ずかしい。どれだけ我慢《がまん》していたのかと恥じ入る。

結局あまり我慢することはできず、龍鳳の手の中に体液を吐《は》き出した。

「……っぅ……あっ、あ！」

まだ熱を吐き出しながら快感に震えているさなかだというのに、龍鳳は掌で弓弦のものを転がすように愛撫《あいぶ》する。

無理矢理絶頂を引き延ばされているような感覚に、泣きながら身をよじるのに、龍鳳に腰《こし》を押さえつけられていてままならない。

「やめ、や、ぁ」

「もう少し、出せるだろ」

少し意地悪くささやかれて、弓弦は恐々《きょうきょう》と頭《かぶり》を振《ふ》る。嘘、と咎《とが》めるでもなく言いながら、龍鳳は弓弦のものから精液を搾《しぼ》り取った。

びくびくと腰が震え、弓弦は切れ切れに息を吐く。

まだ刺激に敏感《びんかん》な肌の上に、龍鳳が重なって来る。そうして、すん、と弓弦の首もとで鼻を鳴らした。

「いい匂《にお》い」

「……そんなわけないだろ、やめろよ」

龍鳳と違《ちが》い、弓弦はまだ風呂《ふろ》も入っていないのだ。けれど龍鳳は、気にも留めずに首筋を唇で食《は》んでくる。

「この間ここで弓弦の匂いを嗅《か》いだせいかもしれないが……」

「な、なにが」

そんな場所でしゃべるのはやめてほしい。首筋や耳元に息がかかり、低い声の振動《しんどう》で肌が震え、信じられないくらいぞくぞくする。

「あれ以来、弓弦に近づく度《たび》に、今までより匂いを感じる気がして……あのときのことを思い出して、興奮した」

強引にいかされて、気まで失ってしまったときのことを思い出して、弓弦はかっと頬《ほお》を染める。

「へ……変態!」

急になんの暴露《ばくろ》だと咎めた弓弦に笑って、キスを仕掛《しか》けてくる。

「ん……、んっ？」

弓弦の口腔《こうこう》を蹂躙《じゅうりん》しながら、龍鳳が胸の突起《とっき》を摘《つ》まんでくる。痛いくらいの刺激に体をのけぞらせたが、緩急《かんきゅう》をつけて弄《いじ》られていると、どうしようもなく感じてしまった。

先程達したばかりで、敏感になっていた体は、新しい刺激にまた熱を持ち始める。

「ん、っぅ……龍鳳、や」

龍鳳は、離したばかりの唇を、今度は胸元に落とす。そうして、以前触《ふ》れたときのように、徐々《じょじょ》に横へと愛撫をずらす。

「や……っ」

前回は触れなかった場所に、龍鳳が歯を立てた。弄られて固くなった胸の突起を噛まれて、痛い、と泣き声を上げる。

「痛い？」

「い、……」

なだめるように、今度は舌で舐《な》められた。固いのか柔《やわ》らかいのかわからないそれで転がされ、押しつぶされて、下肢がきゅうと切なくなる。

どうしたらいいかわからなくて、弓弦は男の頭を抱《だ》きかかえた。

「っ、可愛いな、弓弦」

「馬鹿言って……ぅあっ」

ちゅう、と音を立てて吸われて歯を食いしばる。

龍鳳はしきりにそこを吸いながら、吐き出されたばかりの快感の証《あかし》を塗《ぬ》りこめるように、弓弦の最奥《さいおう》に指を入れた。

「っく……」

両手で尻《しり》をつかみ、広げるようにもまれる。もうそれだけで恥ずかしくて、弓弦は龍鳳の頭を叩《たた》いた。

「や、だ」

「ほぐさないと」

そう言いながら、一度は引き抜《ぬ》いた体液でぬれた指を、もう一度体の中に入れてくる。先程よりもスムーズに入った指に、顔が熱くなった。

あまりの羞恥《しゅうち》に、弓弦は何度もやめてと懇願した。そのたびに龍鳳は、わかった、と言うのに、ちっともやめてくれない。

次第《しだい》に差し込まれる指が二本、三本と増え、確実に自分の体が眼前の男を受け入れるように準備をされているのだと自覚させられた。

乳首《ちくび》を吸われながら尻を弄られている、という状況《じょうきょう》に、恥ずかしくて死にそうだ。

それなのに、突《つ》き飛ばす気にならないのは、ほかでもなく弓弦自身も、この男の愛撫を求めているということなのだろう。

「……あっ」

中を弄られているうちに、一際《ひときわ》感じる部分があることを身を以《もっ》て知って、弓弦は体を強張《こわば》らせる。

腰が、自分の意思ではなく大きく揺《ゆ》れた。かくん、と大袈裟《おおげさ》に跳《は》ねる自分の体が、恥ずかしくてたまらない。

あんなところを弄られてこれほど感じるなんて、とカルチャーショックを受けて愕然《がくぜん》としてしまう。

「や」

怖《こわ》くて腰が引けたのに、龍鳳の指はそれを逃《に》がさずに先程《さきほど》の個所《かしょ》を押した。

全身が痺《しび》れるくらいの快感に、涙《なみだ》目になって頭を振る。

「待っ、やめ」

慣れぬ感覚に、舌足らずに「怖い、やだ」と訴《うった》えると、龍鳳が何故《なぜ》か興奮したように身を寄せてきた。

「ここか?」

「や、ぁ……っ、あ、あっ」

優《やさ》しい声音《こわね》のくせに、容赦《ようしゃ》なくそこを擦《こす》りあげてくる。とろとろと快感の兆《きざ》しがこぼれはじめ、もう少しでいけそう、というところで指を引き抜かれる。

「……平気か、弓弦」

そっと耳打ちをされて、弓弦はいつのまにか閉じていた目を開けた。

「……い」

「え？」

「意地が、悪い」

ここまで追い込んでおいて放《ほう》り投げるなんて、意地が悪い。

この男の意地悪は今に始まったことではなかったけれど、ここにきてされるとは思わなかった。

つい涙ぐんでしまった弓弦を無言のまま見つめていた龍鳳は、突如《とつじょ》覆《おお》いかぶさってきて息苦しいくらいに抱きしめてくる。

「え？　え？」

龍鳳の顔が見えないので、一体どうしたのかと不安になる。龍鳳はぐりぐりと腕《うで》の中の弓弦の頭を撫《な》でまわし、深々と息を吐いた。

「……可愛《かわい》すぎるから、もうしゃべるな」

「は……？」

浅くなりかけていた呼吸を整えて、深く息を吸う。同じくらい深くゆっくりと息を吐き、弓弦は口を開く。

「……死にそう」

弓弦の科白《せりふ》に、伸《の》し掛《か》かっていた龍鳳が体を起こす。

「え、そんなに苦しかったか」

否定する気力もなくて、弓弦は吐息《といき》混じりに告げた。

「恥《は》ずかしくて、死にそう」

弓弦の返答に、龍鳳は目を丸くし、破顔する。

「大丈夫《だいじょうぶ》」

そう言いながら、龍鳳は弓弦の腿《もも》を摑んだ。龍鳳は唇《くちびる》を真一文字に結び、深々と息を吐《つ》く。

そうして、弓弦の膝《ひざ》を微《かす》かに曲げさせながら、足を大きく開かせた。

恥ずかしいことは恥ずかしいのだが、もはや抗《あらが》う気力がない。無抵抗《むていこう》のまま、弓弦は天井《てんじょう》を見つめた。

「先に謝っておく」

「え……？」

もはや息も絶え絶えな弓弦に、龍鳳が喉《のど》を鳴らした。ぎらついた目をする龍鳳に怯《おび》えて反射的に身を引こうとしたが、強引《ごういん》に押さえつけられる。

「……泣いてもわめいても、きっと、やめてやれない」

「え、……あ、……っあ、あ、ぁ」

散々ほぐされた場所に、熱いものが押し当てられた。そう自覚するのとほぼ同時に、それが体の中にねじ込まれる。

とっかかりの部分だけが幾分辛《いくぶんつら》く、それを飲み込んでしまうと、まるで吸い付くように弓弦の体は龍鳳を受け入れてしまった。

「っ……ぅ……」

ずるずると奥まで入ってくるものが本能的に怖くて、弓々は弱々しく頭《かぶり》を振《ふ》る。

「待っ、……や、あぁ……っ」

「弓弦……っ」

「ぅ、あっ！」

勢いよく、骨がぶつかるほど強く奥まで押し込まれて、弓弦はのけぞった。

力を入れすぎているせいか、体が小刻みに震《ふる》えはじめる。じわりと下肢《かし》が濡《ぬ》れたような感覚がして、歯を食いしばった。

ゆっくりと腰《こし》を引かれ、内壁《ないへき》を擦られた瞬間《しゅんかん》、一際強い快感を覚えて目をつむる。

「や、そこ……っ」

「ここか？」

器用に感じる部分を突《つ》き上げられ、弓弦は甘ったるい声を上げた。いや、と首を横に振りながらしがみつくと、腰を持ち上げられて、激しく揺さぶられる。

先程覚えさせられた自分の感じる場所を強く擦られて、悲鳴を上げた。

「や、ぁ……！」

「弓弦、弓弦」

「りゅ、龍……やだ、いやだ、駄目《だめ》」

宣言通り、龍鳳は泣いても許してくれなかった。もっとも、弓弦の上げている声が本当に嫌《いや》がっていたのなら、やめてくれたのかもしれないが。

初めて男を受け入れたのに、身も世もなく乱れている自分に平静を失う。

大きなものをはめられて、何度も突かれて、弓弦は恥《はじ》も外聞もなく泣き喚《わめ》いた。

「あっ……？」

すっと熱が引くような感覚のあと、次第に体の中から覚えのある、けれど今まで味わったよりも強いものがせりあがってくる。

「駄目、やだ、や……なんか来る……！」

怖い、と男の胸に爪《つめ》を立てると、あやすようなキスを頰《ほお》に落とされた。

「弓弦、我慢《がまん》するな。いいから」

なにがいいものか、と反論したいのに、喉からはだらしない嬌声《きょうせい》しか漏《も》れない。

ぴったりと腰を合わせて、こね回されるように中を突かれる。

「あ、あ、あ……っ！」

意識を押し出すように迫《せま》ってきた快感に、目の前が真っ白になる。

あっという間に追い詰《つ》められて、弓弦は達した。

「……っ！」

腰が、自分の意思ではなく断続的に痙攣《けいれん》する。今まで経験したことがないほどの強烈《きょうれつ》な絶頂感に、息が止まった。

隙間《すきま》なく胸を合わせられて、伝う鼓動《こどう》や汗《あせ》、体温に胸がいっぱいになった。

随分《ずいぶん》と長い快感の波が去ったころ、ようやく戻《もど》ってきた呼吸に弓弦は軽く噎《む》せる。

いつの間にか泣いていたことに、目元に優しいキスを落とされてから気づいた。なんだか胸が締《し》め付けられるように疼《うず》き、また涙がこぼれる。

ひく、と小さくしゃくりあげた弓弦に、龍鳳が喉を鳴らすのが聞こえた。

「悪い、俺もやばい」

「あ……、あっ！」

まだ熱の消えない体に、龍鳳は強く腰を打ちつけてくる。乱暴なくらいに内壁を抉《えぐ》る固い熱が怖くて、弓弦は龍鳳の背中に爪を立てる。

「あ、あ、あっ」

待って、やめて、と訴えたいのに、開きっぱなしの唇からは、龍鳳の動きに合わせた嬌声がもれるばかりだ。

繋《つな》がったまま下肢を持ち上げられ、上から押しつぶすように龍鳳が腰を打ちつけてくる。

「っ、弓弦……っ」

「や、あ」

苦しいのに、自分が龍鳳のいいようにされていると思うと、なんだか興奮してしまう。

手を回した龍鳳の背中が強張《こわば》る。龍鳳が息を詰めるのと同時に体の中に熱い奔流《ほんりゅう》が流れて、弓弦は泣き声を上げた。

「や、熱い……っ」

一番深いところを、粘度《ねんど》のある体液が滑《すべ》る。その感触《かんしょく》に、弓弦の体も再び達した。

「……っ」

びく、びく、と震える体に、龍鳳の体が覆いかぶさってきた。二人で強く抱《だ》き合いながら息を整えて、唇がどちらともなく重なる。

煽《あお》るように肌《はだ》を愛撫《あいぶ》する龍鳳のものが、また弓弦の体の中で硬《かた》くなっていくのがわかった。

もう限界だと思っていたのに、男のものを食《は》む場所が、期待するように蠢《うごめ》く。

それを恥じ入りながらも、弓弦は汗ばんだ足を龍鳳の腰に絡《から》めた。

そっと上体を起こした龍鳳が、弓弦の顔を見下ろす。そこに多少の後ろめたさが浮《う》かぶのは、既《すで》に息も絶え絶えな弓弦の体を、彼がまだ欲《ほっ》しているからだろう。

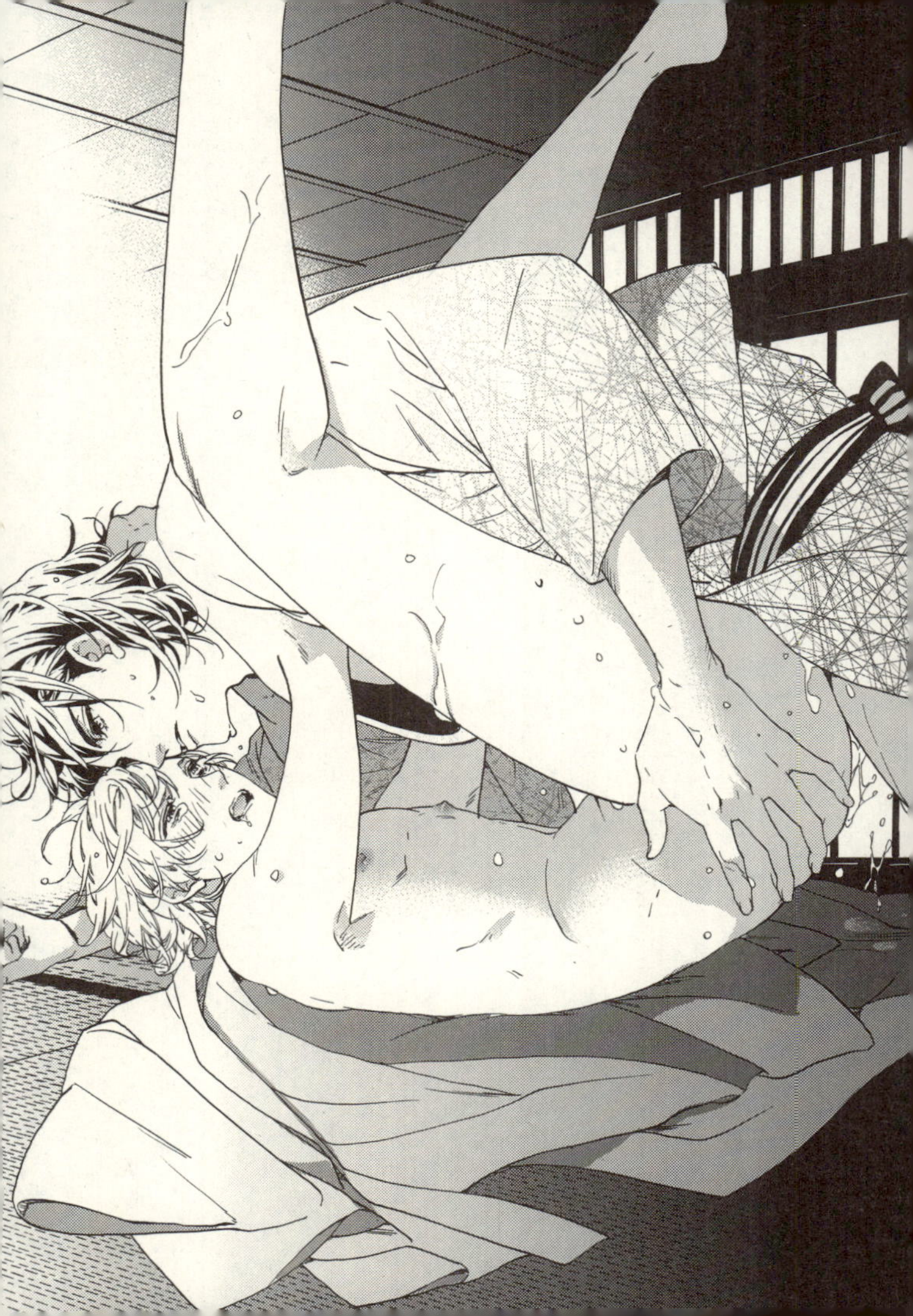

「……弓弦、すまない」

泣いてもわめいてもやめてやれない、などと言ったくせに、謝ってくる男がおかしい。

遠慮《えんりょ》なんてすることないと、弓弦は龍鳳に自ら口づけた。

「ぁ……」

ぐん、と硬度《こうど》を増した龍鳳のものに、すっかり敏感《びんかん》になった体が感じ入る。

——……一晩だけ、だから。

今日だけ、龍鳳は自分のもので、自分は龍鳳のものになる。

そう自分をごまかしながら、弓弦は必死に龍鳳の背に縋《すが》った。


夜のうちに、部屋に戻るつもりだったが、結局龍鳳の隣《となり》で朝を迎《むか》えた。

「おはよう」

既に起きて、悪趣味《あくしゅみ》にも弓弦の寝顔《ねがお》を見ていたらしい龍鳳が、目を細めている。前髪《まえがみ》を掻《か》き上げるように弓弦を撫《な》でて、龍鳳はそっと唇にキスをしてきた。

「ん、……っ」

最初は、微かに触《ふ》れるだけだった唇が、何度も、しつこいくらいに貪《むさぼ》ってくる。

朝には不相応な咬合《こうごう》に、ぼんやりとしていた意識が強引《ごういん》に覚醒《かくせい》させられた。

「っ、りゅ……っ」

さすがに息が苦しい。咎《とが》めるように背中を叩《たた》くと、龍鳳ははっとした様子で体を離《はな》した。

ぜいぜいと胸を喘《あえ》がせる弓弦を見下ろしながら、龍鳳は少々慌《あわ》てた様子で弓弦の額を撫でる。

「悪い、止まらなくなった」

真剣《しんけん》な顔で言われ、つい笑ってしまった。

朝起きたら、昨日の晩の出来事に蓋《ふた》をして、知らないふりをして、なかったことにしようとしていたはずなのに、出端《ではな》をくじかれている。

「お前、キス魔《ま》だったんだな。知らなかった」

弓弦が揶揄《からか》うと、龍鳳は虚《きよ》をつかれたような顔をする。ばつがわるそうに、龍鳳は弓弦の唇《くちびる》を親指の腹で拭《ぬぐ》った。

「……お前に言われたくない」

なんで、と返しかけて、ふと自分こそキス魔だったことを思い出した。

「俺はあれで、弓弦のことが好きだって気づいたんだぞ」

「……そうだっけ？」

とぼけてみせた弓弦に、龍鳳はむっつりと唇を尖《とが》らせた。

そんなやりとりをしつつも、無意識なのか、龍鳳の指が弓弦の唇を触《さわ》る。

同じ従兄弟《いとこ》でも伊吹とは恋愛《れんあい》話や猥談《わいだん》をすることはあったけれど、龍鳳とは一度もしないまま来てしまった。

好みや癖《くせ》を、身を以《もっ》て実感するような関係になるなんて、思ってもみなかった。

――いや……別にそういうわけでもないか。

この関係は、本当なら昨日までのことだった。ちょっと予定がずれて朝まで持ち越《こ》してしまったけれど、ここを出たらきっと、断《た》ち切れる。

――……やべ。

自分でそう決めたはずなのに、涙《なみだ》が出そうになる。

「弓弦？」

「……この前は、キスなんてしなかったのに」

龍鳳に悟《さと》られる前に、初めてふれられたときのことを揶揄《やゆ》してごまかす。

唐突《とうとつ》な指摘《してき》に、龍鳳はぱっと目元を染めた。

こんな風に、意外と表情が豊かだったことを、自分は知らなかった。けれどこれからは、といちいち打ち消してしまう自分の気持ちに歯噛みする。

「あのときは」

言いかけて、龍鳳が口を噤《つぐ》む。朱《しゅ》を刷《は》いた龍鳳の目元に手を伸《の》ばすと、溜息《ためいき》が落ちてきた。

「あのときは、弓弦が、俺のことを嫌《きら》いだと思ったから」

「……それで？」

確かに、弓弦はあまり龍鳳のことが好きではなかった。決して嫌悪《けんお》していたわけではなかったが、それは龍鳳自身が弓弦に攻撃《こうげき》的だったからだ。

だからこそ、告白されて、体を触られて混乱したわけだったが、今の言葉とどうつながるのかがわからない。

龍鳳は、感触を楽しむように、弓弦の前髪をいじる。

「……キスして本気で嫌《いや》がられたらさすがに傷つくから、しないでおこうと思ってよけたんだ」

「はあ。でもそれで体触ったら同じことなんじゃないのか？」

「違《ちが》うだろ。キスして吐《は》かれでもしたら本気で立ち直れない」

「いや、吐くってそんな」

「実際に嘔吐《おうと》しないまでも、お前に『おぇぇ』ってやられたらと、想像するだけで心が折れそうだ」

「お前って……」

「どうせ俺は小心者だ」

本当の小心者は、従弟《いとこ》を押し倒《たお》したりしないだろう、と言いたかったが、口を噤んだ。

「その割に結構いろんなことされた気がするんだけど」

最後までいたしていないとはいえ、今までの人生のなかでも結構衝撃《しょうげき》的な出来事だった。

痕《あと》が付くほど肌を吸われたこともなかったし、あんなことやそんなことまでされた。

「きっともうこの先一生、弓弦に触る機会なんてないし、だったらもう、全身触って記憶《きおく》に刻もうかと思っ……て」

言いながら赤くなった龍鳳に、弓弦もつられて赤面する。

「……そ」

昨晩、全身くまなく触られて、おそらく体も声も痴態《ちたい》も記憶に刻まれたかと思うと、正気でいられなくなりそうだった。

恥《は》ずかしいのはお前じゃなくて俺だと言いたかったが、咳払《せきばら》いを一つしてごまかす。

「……今、何時」

「あ、ええと六時少し前かな」

朝食まで、一時間半ある。今からすぐに割り当てられた部屋に戻《もど》って、支度《したく》をし直せば間に合うかもしれない。

今になって合いもしない帳尻《ちょうじり》を合わせようとした弓弦を、龍鳳は布団《ふとん》に押さえ込む。

「龍鳳、どけって」

「どかない。……だって、ここから出たら、昨日のことはなかったことにするつもりだろ」

実際にその通りだったので、少々リアクションをするのが遅《おく》れた。肯定《こうてい》となったその反応に、龍鳳が眉《まゆ》を顰《ひそ》めた。

「なに言ってんだよ龍鳳」

「間が開いた。……やっぱり、そのつもりだったんだな」

「だって」

「今更《いまさら》、なかったことになんてできるわけないだろう」

その科白《せりふ》に、頭からざっと血の気が引いた。

本当に、龍鳳の未来を邪魔《じゃま》するつもりはなかったのだ。けれど、一晩限りのこととして割り切れるほど、龍鳳は無責任にはなれないらしい。

そのこと自体には好感を抱《いだ》いたけれど、この場合は悠長《ゆうちょう》にそんなことを思っている場合ではない。

盛り上がって受け入れたけれど、結局自分のしたことは婚約《こんやく》者から相手を寝取《ねと》ったということだ。そして、龍鳳の未来を潰《つぶ》した。

今更になって事態の重さを把握《はあく》して、弓弦は真っ青になる。

「ごめん俺、なんてこと」

「……なんでそこで弓弦が謝るんだよ。押し倒したのは俺だろ」

「でも、ごめん。俺が軽率《けいそつ》だった」

結婚《けっこん》を控《ひか》えた相手に対して、いくら同性とはいえ、弓弦が軽々しく部屋に行っていいはずがなかったのだ。やはり「一晩限り」なんて都合よくはいかない。

頭を下げる弓弦に、龍鳳が強い口調で違う、と否定した。

「お前は悪くない。婚約者には俺が詫《わ》びを入れる。……家元にも、もう婚約者探しはしなくていいって、ちゃんと言うから」

「でも」

そんなことをしたら、龍鳳の立場が悪くなるのではないか。

不安な顔をしてしまった弓弦の眉間《みけん》を、龍鳳がつつく。

「家元の問題は残るかもしれないが、すぐに誰《だれ》かに譲《ゆず》ったっていい。それに、まだ家元だって現役《げんえき》だ。その間に、どこかの家で女児が生まれるかもしれない。そうしたら、優先的にそちらが家元候補になる。志納流っていうのは徹底《てってい》的に女性優先の流派だからな」

「そんな」

「その程度の話だ。それより、俺はお前と一緒《いっしょ》にいたい」

掻《か》き口説《くど》くような声音《こわね》で言い、龍鳳に手を握《にぎ》られる。嬉《うれ》しいけれど、応《こた》えあぐねてしまったというのが正直なところだ。

その手に縋《すが》りたい気持ちを抑《おさ》え、弓弦は必死に押し返した。

「でも、駄目《だめ》だ。だって、婚約者の人だって、お前のことが好きなんだろ？」

だとしたら、やはり女性を一人、悲しませることになってしまう。

後朝《きぬぎぬ》にそんなことを言っても綺麗《きれい》ごとでしかないのはわかっているけれど、それは弓弦の本意ではない。ブライダルフラワーコーディネーターという職に就《つ》いたのだって、花嫁《はなよめ》になる女性を美しく彩《いろど》りたかったからだ。

花嫁になるはずだった彼女を悲しませるなんて、どうしてもできない。

それに——。

「……それに、彼女を選んだのは、龍鳳だろ」

ならば、龍鳳も憎《にく》からず思っていたのではないのか。

弓弦の指摘に、龍鳳は困惑《こんわく》気味に眉根《まゆね》を寄せる。

「いや、それは利害の一致《いっち》というか……なんだ、弓弦、それをずっと気にしてたのか」

「利害の一致？」

どう説明したものか、と龍鳳が首を捻《ひね》る。

「お互《たが》い失恋《しつれん》したら、そのときは、くらいの話だったんだ。だから、彼女も俺も……賭《か》けに出た」

「……どういうこと？」

その日の朝食の席で、みんなの前で土下座をしたのは龍鳳と弓弦ではなかった。

上座に位置する伯母《おば》は、二人――龍鳳の婚約者であった館林紫と、龍鳳と弓弦の従兄である伊吹を前に目を丸くしている。

伯母に限らず、弓弦を含《ふく》めてその場にいた全員が啞然《あぜん》としていた。龍鳳一人を除いては。

「……申し訳ありません」

声をそろえて頭を下げる二人に、伯母はしばし黙考《もっこう》した後、口を開いた。

「もう一度、ちゃんと説明なさい」

冷静な伯母の声に、伊吹が顔を上げる。いつも軽薄《けいはく》なくらいにこにことしている伊吹とは思えないほど真剣《しんけん》な表情に、少し驚《おどろ》かされる。

ただそれは、伊吹がこれ以上ないほど緊張《きんちょう》していることの表れでもあるようだった。

「……館林紫さんと、今回の龍鳳との婚約をする前からずっと、お付き合いをしていました」

にわかに朝食の席がざわつく。つい先程《さきほど》龍鳳からの事情説明で、少し聞きかじっていたとはいえ、伊吹がはっきりと明言したことに、弓弦も驚かされた。

思わず傍《かたわ》らに座る龍鳳を見ると、やはり全く驚いた様子はない。

龍鳳は初めからずっと、二人のことを知っていたのだ。

「あなたたち、だったらどうして」

紫が顔を上げ、なにごとか言うより先に、伊吹が再び頭を下げた。

「俺が、俺が悪いんです。ずっと、自分が彼女と釣《つ》り合わないような気がしていて……」

館林紫は、武家茶道の館林流の現家元の娘《むすめ》だ。幼いころより家業の他《ほか》に華道《かどう》、書道、なぎなたを嗜《たしな》んでおり、年の近い伊吹とは華道の稽古《けいこ》を通じて出会い、仲が深まったのだという。けれど、伊吹も家柄《いえがら》で劣《おと》るわけではなかったが、結婚に踏《ふ》み切るには二の足を踏んでしまったのだ。

「だから今回彼女が龍鳳の見合い相手として招待されていたときも、ずっと見ないふりをして……俺と一緒になってくれとは、言えませんでした」

紫は、伊吹が止めてくれるのを願って、敢《あ》えて龍鳳の嫁《よめ》候補としての招集を断らなかった。けれど伊吹は、自分がいるのに候補として並んだ恋人《こいびと》を見て、尻《しり》ごみをしてしまったのだ。

先程龍鳳から聞いた話によれば、伊吹と紫は、結婚を意識するほどには進んでいたらしい。以前、結婚情報誌の弓弦の記事を見た、と言ってくれたのは、単に従弟《いとこ》の活躍《かつやく》する記事をチェックしてくれていたというわけではなくて、実際にその雑誌を必要として買っていてたまたま目にした、ということだったのだ。

そして紫も、弓弦を見て「従弟の」と察しがついて口にしたようだったが、あれは「龍鳳の」ではなく「伊吹の」だったのだろう。

もちろん、誕生日にホテルで紫と待ち合わせていたのは龍鳳ではなく、伊吹だった。念のため龍鳳に誕生日を確認《かくにん》したら、春生まれだ、とむっとした顔で言われた。俺は弓弦の誕生日を知っているのに、と恨《うら》みがましく言われたが、従兄弟《いとこ》の誕生日などいちいち把握していない。さておき、昨日の「婚約発表」は、昨年からしていた約束をすっぽかされた紫の、最後の賭けだったのだ。

「――だから、俺が館林さんに話を持ちかけました」

急に割って入った龍鳳に、その場の全員の視線が集まる。挙手をする龍鳳に、伯母は鋭《するど》い視線を突《つ》き刺《さ》す。

「……どういうことなの、龍鳳」

「館林さんの事情はわかってましたし……俺も、個人的な話ですが『賭け』に出てまして」

花嫁候補として招集され、気落ちする紫から結婚に踏み切れない恋人の話を聞いた龍鳳は、利害の一致から、紫と結託《けったく》し、賭けに出た。もちろん、その際に弓弦の名前を出さなかったため、紫は相手が誰なのかは知らないらしい。

婚約をして、互いの相手が全くの無反応であれば諦《あきら》めようと。けれど、どちらかの相手が諦めずにいてくれたら、そのときは婚約を破棄《はき》しようとしていた。

そして、紫も龍鳳も、賭けには勝ったのだ。

それを最初から言ってくれれば、自分もこんなに悩《なや》むことはなかった、と弓弦は思う。龍鳳という男は、あまりに言わないことが多過ぎるのだ。

「……あなたね。ここまで色々な人の手を煩《わずら》わせておいて」

「だから、結婚する気もあったことはあったんです。自分の愛する人と一緒になれないのなら、誰でも構いはしなかったので」

伯母はあっけにとられたような顔をしていたが、すぐに立ち直りを見せ、龍鳳に睨《にら》みを利《き》かせる。

「で、館林の御嬢《おじょう》さんはともかく、あなたは？　賭けには勝ったの？　負けたの？」

伯母の問いに、龍鳳がちらとこちらに一瞥《いちべつ》を投げる。ばれたらどうするのだと驚愕《きょうがく》したものの、周囲には気づかれなかったようだった。

「……まあ、一応勝ったかもしれない、とだけ申しておきます。ただ、結婚《けっこん》は当面する予定はありません」

どういうことなの、と問われても、龍鳳は口を割らなかった。一人ひやひやしていた弓弦だったが、龍鳳の言葉を聞いて安堵《あんど》する。

伯母はふう、と息を吐《つ》いた。

「まあ、いいでしょう。……どうせ、結納《ゆいのう》もなにもしてないものね」

道理で、婚約《こんやく》指輪の購入《こうにゅう》をすすめるとはぐらかされたり、結納の儀《ぎ》を頑《かたく》なに拒《こば》み「襲名披露《しゅうめいひろう》の前哨《ぜんしょう》を兼《か》ねた婚約披露」というまどろっこしいことをすると思った、と伯母が呆《あき》れ声を上げる。

龍鳳はしれっとした顔で「すみません」と抑揚《よくよう》なく答えた。

「——龍鳳」

「はい」

厳しい声音《こわね》で息子《むすこ》の名を呼び、伯母は逡巡《しゅんじゅん》のあと眉根を寄せた。

「人を騒《さわ》がせた代償《だいしょう》……というわけではないですけれど、私からも……お前に謝らなければならないことがあります」

「なんでしょう」

「——先達て、志納流の次期家元にお前の名前を挙げていましたが、撤回《てっかい》します」

突然《とつぜん》の宣言に、今度こそ周囲がどよめいた。

まさか自分とのことがばれたのか、と弓弦は全身に冷や汗《あせ》をかく。

ざわつく室内を、伯母は一つ咳払《せきばら》いをして黙《だま》らせた。

「別に、お前が悪いわけではありません。ですから、謝らなければならないと……」

持って回った言い回しをする伯母に、龍鳳は訝《いぶか》しげな顔をする。

「というと」

「実は昨晩、末の妹、牡丹のところに女児が誕生しました」

「え……？」

一瞬《いっしゅん》の間のあと、今度は室内が歓声《かんせい》に埋《うず》まる。複雑そうな顔をしているものも少数だがいたものの、おおむね祝福的なムードに包まれた。

叔母《おば》が妊娠《にんしん》しているという話は聞いていたが、また男児だという話だったはずだ。その噂《うわさ》を弓弦に伝えた伊吹を見ると、彼も驚いた顔をしている。

「それは、おめでとうございます。男児という話だったのでは？」

龍鳳の疑問に、伯母は眉《まゆ》をひそめて首を捻る。

「誰《だれ》から聞いたの？」

「いえ、そういう噂を幾度《いくど》か耳にしたもので」

「それこそ完全な噂です。牡丹は最初から、おなかの子の性別は訊いていなかったのだから、本人が明言したことはないはずよ」

腹の形や、今までの男児出生率の高さから、噂が独り歩きしていた、ということだったらしい。

確かに志納流は、女子相伝と言われていたが、既《すで》にその慣習は今の世に合わないということで撤回されたのだと思っていた。けれど、やはり女児が生まれたら、そちらが優先ということなのだ。

――じゃあ、龍鳳は？

それは、頑なに女子が継承《けいしょう》することを訴《うった》えていた人々には喜ばしいニュースなのかもしれない。

だが、龍鳳はそれでよいのだろうか。本人が納得《なっとく》できているのだろうか。なにより、弓弦が納得できない。今までの龍鳳の努力や立場は、と。

それが、女児が誕生したらお役御免《やくごめん》というのはあんまりなのではないだろうか。

反射的に異議を唱えそうになった弓弦を、龍鳳が手で制する。

「それはよかった。では、次期家元という立場を返上します」

「……悪かったわ」

「いえ。俺には初めから向いていなかった、ということです。正直なところ、わずらわしい業務もこれで減るでしょうし、よかったですよ」

本当に未練がないという口調で言う。わずらわしい業務、というのはここ最近の嫁取《よめと》りのこともあてこすっているのかもしれない。伯母《おば》が苦々しい顔をした。

「ということで、もうお見合いの会合も結構です。自分の相手は自分で決めます」

周囲の親戚《しんせき》にも聞こえるように、龍鳳が宣言する。先程の「賭《か》けに勝った」という話も加えて、これでしばらく縁談《えんだん》は遠のくことだろう。

言い終わって、龍鳳が席を立つ。

誰の音頭《おんど》か、カップリングが変わってしまったが、朝から伊吹と紫の縁談の方向へと話がシフトしていく。

暫定《ざんてい》ではない、次期家元候補の誕生と、新しいカップルの門出《かどで》に、朝食の席はにわかにお祝いムードとなっていた。

その喧騒《けんそう》をぬうように、弓弦はそっと朝食の席を立つ。龍鳳はどこに行ったのだろうか、と外に出ると、庭を突っ切って離《はな》れのほうへと向かう龍鳳の姿が見えた。

周囲に誰もいないことを確認して、弓弦は龍鳳のもとへ走っていく。数秒後に追いつき、龍鳳の袖《そで》を引いて弓弦は耳打ちをした。

「なんかうやむやになっちゃったけど……いいのかな、これ。あれじゃ、全部伊吹たちが悪いことになったじゃないか」

「正直に言ったら、お前が嫌《いや》だろ」

確かに、龍鳳とできてしまった、という話をするわけにはいかない。けれど、責任を伊吹たちにだけかぶせるのも気が引けるのだ。

なんとかできないかと思案を巡《めぐ》らせている弓弦に、龍鳳が盛大に眉を顰《ひそ》めた。

「……伊吹伊吹って、お前は昔っからあいつにばかり懐《なつ》いてるな」

「だって、一番優《やさ》しかったというかまともだっただろ？」

それは龍鳳に対しても一緒《いっしょ》で、一番年が下なのに家元候補のツートップだった二人に優しかったのは、伊吹だけだった。

龍鳳もそれはわかっているのか、苦虫を噛み潰《つぶ》したような顔をする。

「それに、龍鳳は途中《とちゅう》で優しくなくなったし」

「……悪かったよ」

拗《す》ねたように言って、龍鳳が弓弦を抱《だ》き寄せる。

「これからは優しくするって決めたから……もう伊吹にあんまりなつくなよ」

まるで子供に向けるような言い方にむっとして、弓弦は視線を逸《そ》らした。

「……どうしよっかな?」

それとこれとは別だし、と嘯《うそぶ》くと、龍鳳が「おい」と慌《あわ》てはじめる。弓弦は笑いを噛み殺しながら見上げる。

「じゃあ、龍鳳が『花嫁《はなよめ》候補』をなんとかしたら考える」

いくら家元候補を撤回したとはいえ、あれだけ大量の候補がいたのだから、嫁取りは無用と言ったところで事後処理が大変だろう。

そう言うと、龍鳳はなにを言っているのかと眉を寄せる。

「それはさっき辞退しただろ。もう来週からは跡形《あとかた》もなくなるぞ。もう俺は『次期家元』でもなんでもないし、俺自身に興味なんてないからな」

「え、そんなことないだろ! 俺だったら別に家元じゃなくたって……」

瞬時《しゅんじ》に否定してしまったことに気づき、弓弦はしりすぼみに口を閉じる。

龍鳳は目を丸くし、よしよしと頭を撫《な》でてきた。なんだか腹が立つ、と弓弦は龍鳳の脇腹《わきばら》をどつく。結構強い力だったのに、龍鳳は盛大に相好を崩《くず》した。

「ないない。まあ家元候補から外れたといっても、本家の長男っていうことで狙《ねら》ってる人はいるかもしれないけど」

「いや、そういうことじゃなくて、その、お前のことを本当にさ」

言いつのった弓弦に、龍鳳は肩《かた》を竦《すく》めた。

「弓弦に見せている以上の自分なんて、特に親しくもない『花嫁候補』には見せてない。そういう余所《よそ》行きの俺を好きになるのは、本当に俺のことが好きなわけじゃないだろ」

「でも」

「まさか、候補としてここに招かれた女性が、全員俺に本気で好意を寄せてるなんて思ってなかったろ」

まさかな、と笑う龍鳳に、弓弦は口を噤《つぐ》んだ。

その様子に、龍鳳が戸惑《とまど》ったような嬉《うれ》しそうな顔をしている。

「……本当にそう思ってたのか？」

赤面したのは肯定《こうてい》したのと同じで、とたんに恥《は》ずかしくなる。

「……弓弦。可愛《かわい》い。なんで俺、今カメラ持ってなかったんだろ」

「誰が可愛いんだよ！　っていうか、いちいち撮《と》るな！」

ずんずんと先に進むと、後ろから龍鳳が抱き着いてくる。

誰《だれ》かに見られたらどうするんだ、と思いはしたが、振《ふ》り払《はら》わなかった。

あとがき

はじめまして、こんにちは。栗城偲と申します。

このたびは拙作《せっさく》『いとこいし』をお手に取って頂きましてありがとうございました。少しでも楽しんで頂けましたら幸いです。

この本は従兄弟《いとこ》同士の話です。

私は子供の頃《ころ》、年の近い従兄弟が一人もおらず、気が付いたらみんなほぼ大人だったので、一般《いっぱん》的な従兄弟同士がどういう付き合いをするのか、よくわからなかったりします……。従兄《いとこ》姉が親より年上だったり従甥《じゅうせい》・従姪《じゅうてつ》が自分より年上だったりで、縁戚《えんせき》関係がよくわからず混乱していたものでした。が、その息子娘《むすこむすめ》世代も私がどういう続柄なのか結構混乱しているようです。そりゃそうだ。

同い年の従兄弟、というものがちょっと羨《うらや》ましいです……。

イラストは北沢きょう先生に描《か》いて頂くことができました。

攻《せ》めの龍鳳が想像通りで、担当さんとともに「うん、こんな顔ですね。間違《まちが》いなくこんな顔って感じですね……!」と文句の言いようのない美形に仕上げていただいて感激でした。プロットの段階ではもっとヘタレな変態になるはずだったのですが、この人にそんなことはさせられなかったなあと思った次第です。

受けの弓弦も大変麗《うるわ》しくして頂いて、そわそわしました。美しい。なんて花が似合いそうな青年でしょうか。

そんな二人の並ぶ表紙がとっても素敵《すてき》で、早く実物を手に取って見てみたいなと思いました。北沢先生、ご多忙《たぼう》のところ、素敵なイラストをありがとうございました!

最後になりましたが、この本をお手に取って頂いた皆様《みなさま》に、心より御礼《おれい》申し上げます。ありがとうございました。

またどこかでお目にかかれたら嬉《うれ》しいです。

栗城 偲

KADOKAWA RUBY BUNKO

いとこいし

栗城《くりき》 偲《しのぶ》

角川ルビー文庫 R155-3 18225

平成25年11月1日 初版発行

発行者――山下直久
発行所――株式会社KADOKAWA
東京都千代田区富士見2-13-3
電話(03)3238-8521(営業)
〒102-8177
http://www.kadokawa.co.jp/
編　集――角川書店
東京都千代田区富士見1-8-19
電話(03)3238-8697(編集部)
〒102-8078
印刷所――旭印刷　製本所――BBC
装幀者――鈴木洋介

落丁・乱丁本は、送料小社負担にて、お取り替えいたします。KADOKAWA読者係までご連絡ください。(古書店で購入したものについては、お取り替えできません)
電話 049-259-1100 (9:00〜17:00/土日、祝日、年末年始を除く)
〒354-0041　埼玉県入間郡三芳町藤久保550-1

ISBN978-4-04-101063-1　C0193　定価はカバーに明記してあります。

KADOKAWA RUBY BUNKO

角川ルビー文庫

いつも「ルビー文庫」を
ご愛読いただきありがとうございます。
今回の作品はいかがでしたか？
ぜひ、ご感想をお寄せください。

〈ファンレターのあて先〉

〒102-8078 東京都千代田区富士見 1-8-19
株式会社KADOKAWA
ルビー文庫編集部気付
「栗城 偲先生」係

うちの子が可愛くて
ヒナちゃんのここ、ぷるぷる震・えてる。
……感じちゃってるの？
栗城偲
イラスト／六芦かえで
栗城偲が贈る
アブナいご主人様
×
地味不幸青年の
溺愛ラブ！
不幸のどん底の地味メン・水森を拾ったのは、
変人IT会社社長・比護。彼は水森をペットに
飼いたいと言ってきて!?

どうしよう……。あんたが欲しくて、
全然……治まらない――。
クールな生意気後輩×人たらし先輩の
理性と欲情がせめぎ合うラブバトル！
生意気な後輩・帆代と警護会社でコンビを組む
トラブルメーカーの真木嶋。
ところが薬を盛られた帆代が抑えていた
真木嶋への情欲を暴走させて…!?
理性が限界。
My reason is a limit.
川琴ゆい華
イラスト／桜城やや
ルビー文庫

溺愛紳士とないしょの恋
昼間は町のおまわりさん。
夜はあの人の淫らな恋人…!?
水上ルイ
イラスト／こうじま奈月
ワケあり大富豪×新米警官の
ドラマチック・シンデレラロマンス！
交番勤務の司は人探しが縁で、超美形な大富豪・ディランと親しくなる。
けれど娘がいるらしいディランに惹かれてしまい…!?
ルビー文庫

次世代に輝くBLの星を目指せ!

第15回 角川ルビー小説大賞

プロ・アマ問わず!
原稿大募集!!

大賞 正賞・トロフィー+副賞・賞金100万円
+応募原稿出版時の印税

優秀賞 正賞・盾
+副賞・賞金30万円
+応募原稿出版時の印税

奨励賞 正賞・盾
+副賞・賞金20万円
+応募原稿出版時の印税

読者賞 正賞・盾
+副賞・賞金20万円
+応募原稿出版時の印税

応募要項

【募集作品】男の子同士の恋愛をテーマにした作品で、明るく、さわやかなもの。
未発表(同人誌・web上も含む)・未投稿のものに限ります。
【応募資格】 男女、年齢、プロ・アマは問いません。
【原稿枚数】1枚につき40字×30行の書式で、65枚以上134枚以内(400字詰原稿用紙換算で、200枚以上400枚以内)
【応募締切】 2014年3月31日
【発　　表】 2014年9月(予定)
*CIEL誌上、ルビー文庫新刊チラシ等にて発表予定

応募の際の注意事項

■原稿のはじめに表紙をつけ、**以下の2項目を記入してください。**
①作品タイトル(フリガナ)　②ペンネーム(フリガナ)
■1200文字程度(400字詰原稿用紙3枚分)のあらすじを添付してください。
■あらすじの次のページに、以下の8項目を記入してください。
①作品タイトル(フリガナ) ②原稿枚数(400字詰原稿用紙換算による枚数も併記※小説ページのみ) ③ペンネーム(フリガナ)
④氏名(フリガナ) ⑤郵便番号、住所(フリガナ)
⑥電話番号、メールアドレス ⑦年齢 ⑧略歴(応募経験、職歴等)
■原稿には通し番号を入れ、**右上をダブルクリップなどでとじてください。**
(選考中に原稿のコピーを取るので、ホチキスなどの外しにくいとじ方は絶対にしないでください)
■手書き原稿は不可。ワープロ原稿は可です。
■プリントアウトの書式は、必ず**A4サイズの用紙(横)1枚につき40字×30行(縦書き)**の仕様にすること。
400字詰原稿用紙への印刷は不可です。
感熱紙は時間がたつと印刷がかすれてしまうので、使用しないでください。
■同じ作品による他の賞への二重応募は認められません。
■入選作の出版権、映像権、その他一切の権利は角川書店に帰属します。
■応募原稿は返却いたしません。必要な方はコピーを取ってから御応募ください。
■小説大賞に関してのお問い合わせは、電話では受付できませんので御遠慮ください。
■応募作品は、応募者自身の創作による未発表の作品に限ります。(※PCや携帯電話などでweb公開したものは発表済みとみなします)
■日本語以外で記述された作品に関しては、無効となります。
■第三者の権利を侵害した応募作品(他の作品を模倣する等)は無効となり、その場合の権利侵害に関わる問題は、すべて応募者の責任となります。

規定違反の作品は審査の対象となりません!

原稿の送り先

〒102-8078　東京都千代田区富士見1-8-19
株式会社KADOKAWA　ルビー文庫編集部　「角川ルビー小説大賞」係